COMPRATA DAGLI ZANDIANI

RENEE ROSE
REBEL WEST

Traduzione di
EMA FERRARI

Pubblicato negli Stati Uniti d'America

Renee Rose Romance

Questo e-book è opera di finzione. Malgrado eventuali riferimenti a fatti storici reali o luoghi esistenti, nomi, personaggi, luoghi e avvenimenti sono il frutto dell'immaginazione dell'autore o sono usati in maniera fittizia, e qualsiasi somiglianza con persone reali – vive o morte – imprese commerciali, eventi o locali è una totale coincidenza.

Questo libro contiene descrizioni di molte pratiche sessuali e di bondage, ma è un'opera di finzione e, in quanto tale, non dovrebbe essere utilizzata in alcun modo come guida. L'autore e l'editore non saranno in alcun modo responsabili di perdite, danni, ferite o morti risultanti dall'utilizzo delle informazioni contenute all'interno. In altre parole, non fatelo a casa, amici!

 Creato con Vellum

OTTIENI IL TUO LIBRO GRATIS!

Iscrivetevi alla newsletter di Renee per ricevere Indomita, scene bonus gratuite e notifiche riguardo a nuove pubblicazioni!

https://subscribepage.com/reneeroseit

CAPITOLO UNO

AURELIA MINOR 2, ASTA DEGLI SCHIAVI

Danica
Nuda, legata a un palo, mi succhiavo il sangue dal labbro inferiore spaccato.

Ti prego, fa che sia veloce.

Più rimanevo qui, tremante e in bella mostra, maggiore era la possibilità che qualcuno controllasse il mio codice a barre e scoprisse che ero ricercata.

Senza dubbio il mio ex padrone, Akron, aveva messo una taglia sulla mia testa nel momento in cui si era accorto che ero scappata. E non era nemmeno al corrente del segreto che stavo mantenendo. Quello che avrebbe significato la mia morte.

Già.

Quindi si trattava di scappare o morire. Ed ero scappata. Per poco.

Tre ocreziani avanzarono ridacchiando tra loro. Uno di loro mi diede una pacca sulla tetta e tutti e tre scoppiarono a ridere. Restai ferma, con lo sguardo vuoto, come se nessun essere senziente fosse nel mio corpo, mentre pregavo ferocemente che non si fermassero. Un ocreziano sapeva come

1

controllare il mio codice a barre da schiava e risalire alla mia storia fino ad Akron. Non ci sarebbe voluta più di mezza rotazione del pianeta per scoprire che c'era una taglia e consegnarmi al mio legittimo proprietario.

Trattenni il respiro finché non se ne andarono.

A parte loro, non mi interessava davvero chi mi avrebbe comprata. Avevo intenzione di scappare di nuovo il prima possibile. Presumibilmente, esisteva un pianeta dove gli schiavi umani potevano andare ed essere liberi. Jesel. Era estremamente pericoloso, ma questo non mi preoccupava. La mia vita probabilmente era persa comunque.

Mi dimenai contro le cinghie strette. La pelle animale mi pizzicava. Le braccia e le gambe erano diventate insensibili, ma la cosa peggiore era che quella intorno al collo era troppo stretta e riuscivo a malapena a respirare. Mi sforzai di rallentare il respiro, perché il panico non avrebbe fatto altro che peggiorare la situazione.

Il mercato era pieno di esseri di ogni specie. La maggior parte sembrava troppo povera per offrire anche solo venti monete per me.

Ovviamente non sembravo un granché. Ero sporca e conciata male, coperta di graffi per come ero arrivata qui. Al mio arrivo, avevo strofinato un po' della terra cremisi di questo pianeta sui miei capelli per coprire il colore esotico. Le bionde erano considerate una rarità tra le schiave umane. Sfortunatamente, ero stata catturata pochi istanti dopo. Almeno ero stata presa da un contrabbandiere meschino e avido, il cui unico interesse era una vendita veloce.

Due grandi esseri viola con le antenne passeggiavano pigramente lungo i banchi del mercato. I muscoli erano gonfi sotto le loro tuniche bianche e pulite e portavano spade vecchio stile alla cintura.

Dei veri guerrieri zandiani.

Non ne avevo mai visto uno prima, ma ne avevo sentito parlare. Studiavano la guerra finché non ne facevano un'arte. Si diceva che fossero estinti da tempo, ma di recente si era sparsa la voce nella galassia che avessero appena riconquistato il loro pianeta con un piccolo esercito.

Mi guardarono dall'altra parte della distesa di terra cremisi e uno di loro si chinò verso l'altro e disse qualcosa. Quando iniziarono a camminare verso di me, il cuore inspiegabilmente prese a martellarmi in petto.

Inumidii le labbra screpolate con la lingua. Non riuscivo a decidere se la mia reazione significasse che avevo paura o che ero eccitata.

Paura. Ero decisamente spaventata. Guerrieri come questi erano probabilmente cacciatori di taglie. Volevano la taglia sulla mia testa.

E avrebbe potuto essere vero: ma man mano che si avvicinavano, un formicolio mi attraversava la pelle. Dovevano essere i maledetti ormoni della gravidanza. Non ero mai stata entusiasta dei maschi.

Ma forse non avevo mai incontrato la specie giusta prima. Perché, quando si fermarono davanti a me, mi si tesero i capezzoli, si accorciò il respiro. A quanto pareva gli alieni viola con le antenne erano esattamente il mio tipo.

Uno di loro inspirò profondamente, dilatando le narici.

L'altro allungò una mano e fece scivolare le grosse dita sotto la cinghia di pelle che mi stringeva il collo al palo. Spalancai gli occhi e provai a trattenere il respiro per contrastare la crescente costrizione. Ma poi me la strappò di dosso, staccandola dal palo e gettandola a terra. Presi una boccata d'aria e tossii.

Il commerciante aureliano sollevò la stessa pistola che aveva usato contro di me e la puntò al petto del maschio. «Allontanatevi! Non potete liberarla.»

Nessuno dei due zandiani si mosse. Non sussultarono alla vista della pistola, né alzarono le mani in segno di resa. «La tua schiava stava soffocando» disse mite il mio liberatore. Aveva una voce profonda che mi provocò cose strane alle ginocchia. «Dovresti fare attenzione a quanto strette le leghi. Nessuno comprerà una femmina morta.»

Il commerciante mi schernì e mi pizzicò le guance, facendo tendere le mie labbra sanguinanti. «Questa non morirebbe così facilmente.» Mostrò loro il segno del morso che gli avevo lasciato sul braccio. «È una *liineor*.»

Non avevo idea di cosa fosse una *liineor*, ma supposi che fosse una bestia selvaggia di questo pianeta.

Gli zandiani non si mossero, ma il labbro superiore di quello più magro cominciò ad arricciarsi. Disse qualcosa sottovoce nella loro lingua e il suo amico annuì. Nessuno dei due distolse lo sguardo da me.

A prima vista avevo pensato che i loro occhi fossero marroni, ma ora vedevo che erano viola, come la loro pelle. O erano diventati *più* viola? Quello più magro esaminò a lungo e lentamente il mio corpo. «Quanto?» Sembrava interessato solo in parte, ma questo avrebbe potuto far parte del gioco delle contrattazioni.

Non riuscivo a decidere se *volessi* il loro interesse. Non avrei dovuto. Questi maschi erano pericolosi. Molto pericolosi. Erano addestrati per uccidere e sembravano molto intelligenti.

Quindi avrei dovuto sperare che se ne andassero e trovassero qualche altro venditore da infastidire.

Invece mi ritrovai a pregare che mi comprassero. Per il solo motivo che non sopportavo il pensiero che se ne andassero.

Quello più grande mi sollevò i capelli arruffati dalle spalle e mi scrutò il collo. Mi sfiorò la spalla nuda con le dita.

Era così vicino che sentivo il profumo della sua pelle: maschile e pulita. Lasciò ricadere le ciocche e disse qualcosa al suo amico in zandiano.

Fanculo.

Erano intelligenti. Aveva appena visto il mio vero colore di capelli ma se la stava cavando bene.

«Dove l'hai presa?» chiese. Aveva una mascella squadrata e senza peli e un mento con una fossetta che probabilmente faceva sbavare ogni femmina della galassia al suo passaggio.

Il commerciante alzò il mento. «Non importa dove.»

«Quindi non hai la sua cartella? Non è legalmente tua?» chiese quello più magro.

Oh cazzo. Stavano facendo troppe domande. Come prossima cosa avrebbero controllato il mio codice a barre. Piegai il collo di lato e mi chinai in avanti, toccando con la lingua la "V" di pelle che si intravedeva da sopra la tunica zandiana. Feci un giro una volta. Due volte.

Mi prese per i capelli e mi tirò indietro la testa, guardandomi divertito.

«Penso che tu le piaccia» osservò il suo amico ridacchiando.

Mi teneva i capelli troppo stretti nel pugno, ma non credevo che avesse intenzione di farmi del male. Era semplicemente troppo forte o inconsapevole di quanto fosse più debole la mia specie. Si chinò e mi sfiorò le labbra con le sue. Allo stesso tempo, mi palpeggiò il monte di Venere con la mano libera.

Sussultai, più per la sorpresa che per altro. E perché ogni altra volta che un maschio mi aveva afferrata era stato spiacevole.

Ma non questa volta. Mi strofinò leggermente il polpastrello tra le pieghe e fui sbalordita da quanto mi bagnai.

Le sue antenne si irrigidirono e si inclinarono nella mia direzione mentre mi guardava in viso; il suo naso toccava quasi il mio, gli occhi ametista erano in fiamme.

Ansimai, il calore si arrotolava come fumo nella mia pancia.

«Centocinquanta stein» disse. Tolse il dito dalla mia figa. Avevo prurito e caldo. Bisognosa di riavere il suo tocco.

«Trecento» ribatté il venditore.

«Centosettantacinque. Offerta finale.» Mi lasciò i capelli e fece un passo indietro.

«Due e cinquanta.»

Il suo amico rise. Alzò le spalle e se ne andò.

Quel maledetto venditore li stava lasciando andare. A tre passi di distanza. Quattro. Cinque. «Duecento» gridò alle loro spalle.

Si fermarono ma non si voltarono. Sembrava che stessero conversando tra loro.

«Centonovanta.»

Ci vollero due lunghi passi per tornare indietro. Il suo amico tirò fuori un sacchetto di tela pieno di monete mentre infilava le dita sotto la cinghia che mi circondava il petto. La strappò via, come se la spessa pelle di un animale fosse facile da spezzare.

Sussultai mentre il sangue ricominciava a scorrermi lungo le braccia come un milione di punture di insetti. Mi strappò la cinghia attorno alle cosce e io crollai, incapace di reggermi in piedi. In un lampo, piombai su un'ampia spalla.

Lo zandiano mi batté una grande mano sul sedere. «Avanti, piccola schiava. Conosciamo il posto giusto per le umane a cui piace sfuggire ai loro padroni.»

CAPITOLO DUE

*B*enn Gorde trasportò l'umana in spalla sulla nostra navicella, attirando alcuni sguardi curiosi da parte dei commercianti intergalattici che affollavano il mercato. Sapevo fin dal momento in cui l'avevamo vista, che Gorde l'avrebbe voluta. Ma chi non l'avrebbe voluta?

Era incredibilmente bella, nonostante il ridicolo tentativo che aveva fatto con il fango per mascherare il colore dei suoi capelli. Era biondo pallido, il colore della luce della luna, che la rendeva estremamente preziosa. Gli esseri umani si erano incrociati così a lungo che erano pochi quelli che non avevano capelli castani. Le femmine umane dai capelli rossi e le bionde venivano vendute almeno a tre volte il prezzo medio. Lo stesso valeva per le femmine dalla pelle scura o chiara: qualsiasi tratto insolito veniva venduto a un prezzo più alto.

Anche i suoi occhi avevano un colore sorprendente. Blu-verde pallido. Il colore dei laghi cristallini di Zandia. Quelli che avevo visto solo sui vecchi ologrammi.

Presto saremo tornati a casa. Speravamo di trovare una

femmina zandiana con cui accoppiarci, per quanto improbabile potesse essere.

Gorde e io eravamo stati mandati a cercare eventuali zandiani rimasti sparsi per la galassia. Re Zander desiderava estendere a tutti un invito personale a ritornare. Le esigenze di ripopolamento richiedevano che ne avessimo il maggior numero possibile nel pool genetico.

Ad un certo punto, io e Gorde ci eravamo messi in testa che forse avremmo avuto la fortuna di trovare un'ultima femmina della nostra specie. Tomis ed Erick erano stati abbastanza fortunati. Perché non noi?

Ma conoscevo quel luccichio negli occhi di Gorde. Stava già pensando che l'umana sarebbe stata nostra.

Il che era un peccato, perché avremmo potuto venderla traendone un enorme profitto. Forse potevo ancora convincerlo a farlo.

Dopo aver fatto a modo nostro con lei, ovviamente.

Perché non era possibile che nessuno di noi due potesse durare una rotazione planetaria sulla stessa navicella di questa seducente femmina senza avere bisogno di reclamarla.

E considerando le condizioni in cui l'avevamo trovata, sarebbe stato facile ignorare il mio senso di colpa per averla usata come schiava sessuale. Sicuramente questo era stato il suo utilizzo per tutta la sua esistenza adulta.

L'avremmo trattata bene e l'avremmo rivenduta a una persona decente. Non avrebbe patito alcun male. E Gorde e io certamente conoscevamo abbastanza l'anatomia umana femminile da accontentarla. L'avremmo fatta urlare in cerca di sollievo prima di lasciare lo spazio aereo aureliano, potevo garantirlo.

La voce di Gorde attivò il portellone e la trasportò a bordo della nostra navicella, una nuova scintillante nave da caccia fornita da re Zander per la nostra missione speciale.

«Diamo una ripulita alla nostra piccola schiava» disse Gorde, ma passò oltre il lavatoio. Mi resi conto quando raggiunse il portellone posteriore, che intendeva utilizzare l'area di lavaggio aperta, normalmente utilizzata per sciacquare le attrezzature sporche.

Ah. Voleva lavarla lui stesso. O meglio, mi invitava ad unirmi a lui nel lavarla. Non era possibile che noi tre potessimo entrare nel lavatoio.

Li seguii, ammirando la bella figura umana. Nella sua posizione capovolta, le radici chiare dei capelli erano ancora più evidenti.

Gorde la mise in posizione verticale sulla superficie metallica e io la guardai in faccia. Non colsi alcun segno di risentimento, né vidi la semplice espressione di devozione o seduzione tipica delle schiave.

Questo essere umano aveva solo della cauta vigilanza. Non aveva troppa paura, né sembrava particolarmente fiduciosa.

Se avessi dovuto scommettere qualcosa, avrei puntato il cristallo zandiano sul fatto che si trattava di una creatura molto intelligente per la sua specie.

Chissà come era finita all'asta di Aurelia.

Ero sicuro che, se avessi scansionato il suo codice a barre, avrei scoperto che era sfuggita al suo ex padrone. Magari aveva anche una taglia in palio per chi la riportava indietro.

Anche mentre consideravo la cosa, qualcosa in me rifiutò l'idea. E non solo perché Gorde sembrava conquistato da lei. No, non avevo fretta di sbarazzarmi troppo presto di questa incantevole creatura.

La prospettiva di godermela fino in fondo mi rendeva fin troppo eccitato.

Gorde aprì il tubo dell'irroratore e si tolse i vestiti. Mi sfilai anche i miei.

Il viso della piccola umana rimase impassibile mentre scrutava i nostri corpi nudi, ma le sue labbra si aprirono e i suoi capezzoli si indurirono come era successo quando Gorde l'aveva toccata al mercato.

Non avevamo ancora detto una sola parola alla schiava, ma parlavamo in ocreziano in modo che potesse capirci. Era un sottile gioco di potere: io e Gorde lo avevamo usato centinaia di volte in tutti i tipi di situazioni, dalla contrattazione per i beni alla lotta per la nostra vita.

Presi il tubo e girai l'ugello finché lo spruzzo non fuoriuscì leggermente. Gorde la manovrò in modo che si trovasse proprio di fronte a me. «Va bene. Laviamole via la puzza del mercato.»

Cominciai dalla testa, sciacquandole via il fango dai capelli. Scorreva in rivoli rossi lungo il suo corpo allettante. Sbatté le palpebre per far uscire l'acqua dagli occhi e si scostò i capelli dal viso, ma per il resto non protestò.

«È ancora più carina di quanto sospettassimo» disse Gorde, raccogliendo una ciocca di capelli pallidi come la luna. Lavato via il fango, giacevano come un lenzuolo liscio lungo la sua schiena.

Mi avvicinai e le spruzzai il getto sul collo, poi sulle spalle. Quando arrivai ai seni, lasciai la mia mano vagare libera su di essi, testandone le dimensioni e il peso.

«Mmm. Seni sodi. Dimensione perfetta per riempirmi la mano» osservai.

«Fammi provare.» Gorde si avvicinò dietro di lei e le avvolse entrambe le mani attorno ai seni da dietro. «Sì hai ragione.» Le strinse i capezzoli.

Passò da un piede all'altro, ma continuò a non protestare.

Buona piccola schiava. Ben addestrata.

Gorde la lasciò andare per cercare un detergente per la pelle e ritornò. «È piuttosto sporca,» osservò con aria disinvolta mentre si strofinava una manciata di detergente tra i palmi delle mani. «Probabilmente ci vorrà del tempo per essere sicuri di pulire ogni angolo e fessura.»

Il mio cazzo, già grosso, si mise ancora più dritto. Cominciavo solo adesso a rendermi conto di quanto fossimo fortunati. Avevamo appena trovato una schiava umana bellissima e preziosa. Una che sembrava perfettamente disposta a permetterci di fare tutto ciò che volevamo con lei.

Mi si agitò un po' la coscienza. Re Zander non permetteva che gli umani fossero tenuti in schiavitù su Zandia. Sebbene gli umani dovessero dimostrarsi disposti a partecipare alla ricostruzione del nostro pianeta e ad essere sponsorizzati da uno zandiano, mantenevano una certa misura di libero arbitrio sul nostro pianeta.

Nascondendo quella piccola informazione, stavamo obbligando la bellissima schiava.

D'altra parte, a giudicare dall'odore della sua eccitazione, non era del tutto contraria alle nostre azioni.

Potevamo sempre spiegarle la sua nuova situazione più tardi. Dopo che l'avessimo usata.

E avessimo giocato con lei.

E le avessimo inflitto una leggera punizione per essere scappata dal suo ex padrone.

E quel pensiero mi fece gemere, e mi avvicinai alla nostra schiava in modo che i suoi capezzoli a punta mi sfiorassero il petto. Tenni l'ugello dell'acqua per spruzzarla sulla schiena mentre le coprivo il monte di Venere.

Emise un *sospiro*, una piccola espirazione che mi rese il cazzo tanto duro che si sarebbe spezzato se lo avesse afferrato, ne ero certo. Era bagnata e succosa, la figa era gonfia e aperta come un fiore. Pronta per la degustazione. Pronta per la rivendicazione.

~

Danica

Oh stelle. Dovevano essere i miei ormoni che cambiavano. Non ero mai stata così ricettiva con nessun maschio prima.

Naturalmente, il mio benessere dipendeva dal rendermi completamente disponibile per il mio padrone, Akron, ma intendevo veramente *ricettiva*. Nel senso che morivo dalla voglia di sentire il loro tocco, pronta a qualunque cosa volessero fare con me.

Non conoscevo nemmeno i loro nomi, anche se *Padrone* sembrava sempre adatto in una situazione come questa. Quello proprio di fronte a me mi si avvicinò: una massa di muscoli solidi, la pelle color viola, glabra e liscia. Le sue antenne si inclinarono verso di me, come se fossero appendici erogene. L'altro, quello che mi aveva messa in spalla, stava dietro di me. Era persino più grosso del suo amico, il suo interesse era ovvio. Il suo cazzo mi sfiorò il fianco mentre mi insaponava con il detergente, prendendosi il suo tempo, senza lasciare inesplorata nessuna parte di me.

Il guerriero con il tubo dell'acqua mi infilò un dito dentro. Rimasi scioccata nel sentire quanto fossi incredibilmente bagnata per lui. Il dito era grosso, ma non troppo. In realtà, non era nemmeno lontanamente sufficiente. Mi contorsi su di esso per portarlo più in profondità. Aggiunse un secondo dito.

Emisi un gemito e il tubo dell'acqua cadde a terra. Lo zandiano mi piazzò un dito sotto il mento per sollevarmi il viso verso il suo e poi abbassò la bocca. Fui sorpresa dal bacio. Sapevo che era un gesto umano di affetto, usato spesso durante il sesso, ma i miei ex padroni non avevano mai usato la mia bocca per nient'altro che i loro cazzi.

Dominò la mia bocca, assaggiandomi, torcendo le labbra sulle mie. Separai le labbra e mi arresi mentre le sue dita continuavano a premere dentro e fuori di me.

Il guerriero dietro di me afferrò una manciata dei miei capelli bagnati e li avvolse nel pugno. Non tirò, ma adesso avevo la testa immobilizzata per il bacio del suo amico. Non c'era scampo.

Allo stesso tempo, fece scivolare un dito lungo la fessura del mio culo e fece un movimento circolare sul buco posteriore.

Piagnucolai nella bocca del primo guerriero. Interruppe il bacio e mi fissò. C'era del divertimento misto a lussuria nei suoi occhi, ne ero convinta. «La sua figa è succosa e dolce. Come va il culo?»

Mi irrigidii, tentando di stringere insieme le natiche, ma ottenni solo uno schiaffo secco su una di esse. Spalancai la bocca e spostai lo sguardo verso il guerriero di fronte a me per determinare se l'avessi fatto arrabbiare.

«Oh, *kazo,* fallo di nuovo. Ha l'espressione più dolce che si possa immaginare.»

Mi si accaldò il viso. Non ero sicura di ricordare l'ultima volta che ero arrossita, ma di certo non era successo nella mia vita adulta.

Il guerriero dietro di me mi colpì l'altra natica. La figa si strinse attorno alle dita del primo zandiano.

«Oh, lo adora.» Sembrava eccitato. Spinse le dita dentro di me, e colpirono qualche punto estremamente sensibile nel profondo del mio nucleo.

Gridai, e le mani scattarono per afferrare i suoi avambracci carnosi.

Il guerriero dietro di me mi piantò un grosso dito nel culo e mi ritrovai completamente alla loro mercé. Cercai di non muovermi, anche se i miei fianchi avrebbero voluto tremolare e dimenarsi. Non sapevo se volessi allontanarmi da quelle sensazioni o avvicinarmici.

Ansimai mentre mi riempivano, ognuno pompava al proprio ritmo, uccidendomi con il sovraccarico di sensazioni.

«Vi prego» cominciai a piagnucolare. «Ho bisogno...» Non finii perché il mio cervello era troppo confuso per mettere insieme le parole.

Il guerriero di fronte a me si mise una delle mie braccia attorno al collo. «Resisti e continua a emettere quei versi morbidi e dolci, e ti lasceremo venire, piccola femmina.»

Tenergli il collo mi dava la stabilità di cui avevo bisogno. Premetti il seno contro le sue costole, aprii e chiusi le labbra sulla sua pelle bagnata mentre i miei piedi danzavano sotto di me.

Pompò più velocemente, più forte.

Il guerriero dietro di me aggiunse un secondo dito e io singhiozzai.

I maschi sincronizzarono all'improvviso le loro spinte e io mi riempii e mi svuotai con lo stesso ritmo. Mi diede la concentrazione di cui avevo bisogno per raggiungere il mio climax. La mia bocca era aperta da qualche parte sopra il suo pettorale e, senza rendermene conto, iniziai a succhiare forte.

Imprecò e raddoppiò la velocità. Le ginocchia mi cedettero. Mi scappò un verso soffocato dalla gola e poi precipitai nell'orgasmo. I miei muscoli si contrassero attorno alle dita e l'ano tentò di chiudersi attorno al dito nel mio didietro.

Urlai contro il suo petto mentre le onde di liberazione mi attraversavano. Solo quando fu passato e stavo penzolando mollemente dal suo collo mi resi conto di avere affondato le unghie nella sua pelle.

Tolsero le dita da dentro di me e quasi crollai. Il guerriero davanti si girò per liberarsi dalla mia presa, e quello dietro mi prese tra le sue braccia.

«Portiamola nella camera da letto per esaminarla» disse.

Per tutto questo tempo avevano parlato più di me che con me. Ma supponevo di essere più un oggetto che un essere vivente per loro. Come schiava, ero abituata a questo trattamento. Offendermi non mi avrebbe portata da nessuna parte. La cosa strana era che trovavo piuttosto piacevole la loro discussione su di me. Quasi eccitante.

Forse era per il modo riconoscente con cui parlavano di me. Si stavano divertendo con me, o meglio, si stavano godendo il mio corpo, e a quanto pareva anche il mio corpo si divertiva parecchio con loro.

Non ero sicura di aver mai provato il piacere che avevo appena sentito con loro, per quanto imbarazzante potesse essere stato.

Mi portarono in una piccola camera della navicella dove una piattaforma rialzata occupava metà dello spazio. Il grande guerriero mi fece sdraiare sulla schiena sulla piattaforma ed entrambi si stagliarono sul bordo, studiandomi.

Fui scioccata nel vedere che avevo segnato il guerriero leggermente più piccolo quando gli avevo succhiato il petto. Non avevo mai fatto una cosa del genere e temevo che si sarebbe arrabbiato quando lo avesse visto. Notò il mio sguardo e abbassò il suo.

«Devi averla compiaciuta, Benn, se ti ha lasciato il segno» disse il più grande, ridacchiando mentre andava ad aprire un mobiletto sul muro.

Quello che lui aveva chiamato Benn si mise una mano dietro il collo e si strofinò nel punto in cui lo avevo tenuto stretto. Quando allontanò le dita, vidi che erano segnate da una sfumatura di sangue viola.

«Perdonami, padrone» dissi velocemente. «Non intendevo usare le mie unghie su di te.»

Mi rispose con un sorriso malvagio. «Non mi dispiace, piccola femmina, ma forse dovremmo punirti lo stesso.»

Mi irrigidii, spingendomi sugli avambracci.

Quello più grande ritornò portando una bottiglia contenente una specie di liquido. «Oh, certamente» concordò. «Le piaceva farsi schiaffeggiare quel culo. Prima ungiamola di olio. Ciò aumenterà il bruciore.»

Aumenterà il bruciore?

Non riuscivo a decidere se dovessi avere paura o eccitarmi. Per me voleva dire provare dolore o piacere? Non era chiaro.

Benn tese il palmo della mano e il suo amico vi versò un po' d'olio, poi ne prese un po' lui stesso. All'improvviso, due paia di grandi mani furono su di me, spingendomi indietro, massaggiandomi la pelle.

Era puro piacere. Non ero mai stata toccata in questo modo, mai. Uno mi accarezzava e mi spalmava l'olio sulle braccia, mi accarezzava il collo, le spalle, il seno, mentre l'altro saliva partendo dalle punte dei piedi, massaggiando l'olio aromatico sui polpacci e sulle cosce. Ne ricoprì la figa, allargandomi, facendolo penetrare nelle labbra esterne, attorno al clitoride.

«Senti come trema?» chiese Benn.

Iniziai a piagnucolare e a gemere di nuovo mentre le sensazioni diventavano intense.

«Rotola, piccola schiava. Vediamo quel culo.»

Obbedii e loro mi allargarono le gambe, spalmando l'olio sulla parte posteriore delle cosce, sul sedere, sulla schiena.

Sbem.

Oh. Entrambi mi sculacciarono a turno, facendo cadere una mano, poi l'altra in rapida successione. Faceva male, non c'era alcun piacere, erano solo schiaffi forti e duri.

Strinsi insieme le natiche e spinsi verso l'alto sulle mani, inarcando la schiena. Sapevo che era meglio non spostarsi dalla mia posizione: ero stata addestrata troppo bene per farlo. «Ahi! Mi dispiace, padroni. Mi dispiace! Perdonatemi.»

All'improvviso come era iniziata, si fermò. Quello più grande mi massaggiò e impastò il sedere che mi bruciava mentre Benn si chinò e mi afferrò i capelli per girarmi il viso verso il suo. «Sei perdonata, bellissima schiava» mormorò e attaccò di nuovo la mia bocca, trascinando le labbra affamate sulle mie in un bacio di pretesa. «Sei pronta a prendere il mio cazzo in quella tua boccuccia calda?» La sua voce era profonda e ruvida, gli occhi brillavano di pura ametista.

Annuii velocemente e cercai di rialzarmi, ma lui mi fece rotolare sulla schiena.

«Penso che Gorde voglia scoparsi quella figa stretta, quindi ti scavalcherò e tu mi succhierai il cazzo mentre allarghi le gambe per Gorde. Capito?»

Deglutii. Fanculo. Sdraiarsi sulla schiena per fare un pompino non era la posizione più sicura. Sarebbe stato facile per lui ficcarmi il cazzo in gola e soffocarmi senza nemmeno volerlo. Ma che scelta avevo?

Quello che lui aveva chiamato Gorde mi trascinò il sedere in fiamme fino al bordo della piattaforma e mi sollevò le ginocchia. Mentre allineava il cazzo alla mia entrata, Benn si arrampicò e si mise a cavalcioni della mia testa.

La mia paura doveva essersi palesata sul mio viso, perché Benn si fermò e si limitò a stringere il cazzo, tirandolo mentre mi guardava in faccia. «Non aver paura, piccola schiava. Dimmi il tuo nome.»

«Danica.» Se fossi stata intelligente, avrei pensato a un nome falso da dirgli. Quando all'inizio mi avevano comprata, mi ero creata un'intera narrazione nella testa da rifilargli, ma non me lo avevano chiesto e ora il mio cervello era in un posto diverso.

«Danica.» Mi studiò un altro momento, accarezzandosi lentamente il cazzo. Anche se ero nuda dal momento in cui mi avevano incontrata, questa era la prima volta che mi sentivo messa a nudo. Se prima non ero sicura che mi avrebbero considerata solo un oggetto, ora sapevo che non era vero. Era un gioco che stavano facendo per tenere le nostre posizioni sbilanciate. Questo tizio in realtà vedeva tutto.

Dietro di lui, Gorde strofinò la punta del cazzo sul mio ingresso. Potevo sentire l'olio che aveva applicato sulla sua lunghezza mentre entrava. Era enorme, ma c'era così tanto olio ed ero così eccitata che non mi faceva male né mi sentivo allargare troppo.

Benn non si mosse per entrare nel gioco. Stava ancora cercando di decifrarmi. «Sicuramente hai già succhiato un cazzo, no?»

Gorde si ritirò e si spinse più in profondità.

Mi leccai le labbra, cercando di trasformare la mia espressione in qualcosa di gradevole. «Sì, padrone.»

Un'altra spinta profonda e deliziosa da parte di Gorde. Mi inarcai sulla piattaforma.

Benn giocherellò pigramente con un seno, pizzicandomi il capezzolo con il pollice. «Allora di cosa hai paura?»

Avevo inventato bugie per tutta la vita. Qualunque cosa il mio padrone volesse sentire. Ma per qualche ragione, la verità mi uscì dalle labbra. «Ti prego, non soffocarmi.»

La sua espressione si schiarì. «Ah.» Prese le mie dita e le chiuse attorno alla base del cazzo. «Lo controlli tu, tesoro. Non avere paura.»

Espirai, mentre sollievo e fiducia mi inondavano prendendo il posto della paura. Gorde trovò il clitoride con un dito o un pollice e quasi mi sciolsi, sollevando i fianchi, mentre la pancia mi tremava per i sospiri.

«*Ora,* Danica.» Benn perse la pazienza.

. . .

Fu un bene, perché all'improvviso stavo morendo dalla voglia di succhiargli il cazzo. Tra le incredibili sensazioni sotto la mia vita e la sua considerazione nei miei confronti, non vedevo l'ora di mostrare la mia gratitudine. Lo strinsi forte e alzai la testa per prendere quanto più possibile il suo cazzo in bocca. Come promesso, rimase al suo posto, permettendomi di muovere la testa e la bocca attorno a lui. Girai e rigirai la testa, succhiando forte, facendo roteare la lingua sul lato inferiore. Mi tirai indietro e strofinai le labbra sulla punta del suo cazzo, leccai tracciando una lunga linea lungo la parte inferiore.

Le cosce di Benn tremavano, mi sembrò che le sue antenne diventassero ancora più rigide. «Ecco, bellezza», mormorò.

Gorde mi afferrò le cosce e mi tirò sopra il suo cazzo con movimenti rapidi, facendo oscillare la mia bocca sul membro di Benn. Alzai lo sguardo per vedere se gli dispiaceva, ma stava sorridendo. Strinsi la mano attorno alla base del suo cazzo e la usai per pomparlo lungo la sua lunghezza mentre lo succhiavo.

«Brava ragazza» fece le fusa. «Che schiava dolce.»

«La migliore. Figa. Che ho mai. Avuto» grugnì Gorde, colpendomi forte ad ogni parola. Si spinse in profondità, ruggì e venne, riempiendo il mio canale con la sua calda essenza.

Succhiai forte, più velocemente, ma Benn scosse la testa e si tirò fuori dalla mia bocca. Si spostò per sdraiarsi accanto a me e mi sollevò la testa per aiutarmi ad appoggiarmi su di lui.

Gorde vide cosa stava succedendo e assistette, tirandosi fuori e sollevandomi i fianchi per mettermi in ginocchio sopra Benn. Mi diede uno schiaffo sul culo.

«Continua a succhiare, piccola schiava. Ti darò io un po'
di motivazione.»

Un altro schiaffo.

«La sua pelle ripropone le impronte delle mani in modo
così bello, non è vero?» chiese Benn mentre prendevo il suo
cazzo fino in fondo alla gola. Mi afferrò la nuca e imprecò.

Gorde mi diede uno schiaffo. Faceva male, ma mi eccitava anche. Quella sculacciata iniziale mi aveva sciocccata per
l'intensità, ma ora che il mio sedere era già caldo, già abituato
alle loro sculacciate, quasi accoglievo con piacere il dolore.
Soprattutto con la mia figa ancora pulsante per il mio precedente orgasmo e la recente scopata.

Usai ogni abilità che avevo imparato per compiacere
Benn, e lui rispose, con gli occhi all'indietro e gemiti soffo-
cati che gli uscivano dalla bocca. Nel frattempo, Gorde mi
puniva con schiaffi lenti e costanti.

«Apri le ginocchia» mi ordinò, allargandomi ancora di più
le cosce. Non fui nel punto in cui mi voleva, mi diede uno
schiaffo tra le gambe: le sue dita colpivano il clitoride, mentre
il palmo della mano mi puniva le labbra.

Mi staccai dal cazzo di Benn e gridai. Gorde mi diede di
nuovo uno schiaffo, più forte. «Non ho detto che potevi smettere di succhiare.»

Ripresi a fare il mio dovere, ora in modo frenetico, anche
se non sapevo se fosse per evitare la punizione o perché
dovevo venire. La pulsazione nel clitoride gonfio aveva
raggiunto proporzioni epiche, calore e desiderio mi si avvol-
gevano nel nucleo.

Benn ruggì e venne, caldi flussi della sua essenza mi
scesero in fondo alla gola.

Allo stesso tempo, Gorde iniziò a sculacciarmi la figa con
schiaffi leggeri e rapidi. Gemetti attorno al cazzo di Benn,

succhiandolo con lunghi colpi che muovevano tutto il mio corpo.

Il bisogno di raggiungere l'orgasmo era così grande che ne ero quasi accecata. Feci qualcosa che non avevo mai e poi mai osato fare con un altro padrone: misi la mano tra le gambe per toccarmi. Gorde mi coprì le dita con le sue, aiutandomi a spingere la mia pelle avida e, allo stesso tempo, mi sculacciò il culo con colpi forti e rapidi.

Venni, urlando attorno al cazzo di Benn, dondolando la testa finché non usò i miei capelli per sollevare la mia bocca dalla sua lunghezza esaurita.

Dovevo avere gli occhi spalancati per lo shock per quello che avevo appena vissuto, perché Benn ridacchiò e mi fece sedere sopra di lui, abbracciandomi. Era una posizione davvero sconosciuta per me. Mai, in nessuna delle mie esperienze, ero stata tenuta tra le braccia di un essere dopo il sesso. Era meraviglioso.

Trascendente, addirittura.

E se fossi stata intelligente, avrei provato a gestire tutti questi sentimenti chiudendoli saldamente. Perché avevo un piano. E non implicava che io rimanessi una schiava del sesso.

Anche se si trattava di due guerrieri molto attenti e sexy.

CAPITOLO TRE

*G**orde*
Ero innamorato.

Sapevo che Benn sperava di trovare una femmina zandiana, ma quest'umana era perfetta. Certo, non ci eravamo detti più di qualche parola, ma conoscerla sarebbe stato un vero piacere.

Come avrebbe potuto non essere così, visto che era una piccola schiava così bella e arrendevole?

E sì, lo sapevo, non era proprio la nostra schiava poiché il nostro re non ammetteva schiavi. E glielo avremmo detto... presto.

Veramente.

Ma nel frattempo, adoravo da morire dominarla, soprattutto quando era così disponibile e reattiva.

Osservai Benn trattenerla per un momento, poi strisciai su e li raggiunsi. Non ero geloso di Benn. Noi due eravamo stati migliori amici fin da bambini. La condivisione era una cosa che ci veniva naturale. Ma sembrava troppo dolce per lasciarsela sfuggire. Volevo sapere anche come era sentire la sua figura morbida e rigogliosa drappeggiata sul mio corpo.

Mi sdraiai su un fianco, appoggiandomi su un gomito, e le strofinai il culo. Era ancora rosso per le impronte delle mie mani. Speravo di non averla sculacciata troppo forte. Sicuramente non sembrava preoccuparsene, ma se le avessi lascito dei segni addosso, mi sarei sentito malissimo. Sapevo che gli umani erano una specie più debole: provavano più dolore e non guarivano così velocemente come gli zandiani. Forse era per questo che si era così preoccupata di avere fatto sanguinare Benn quando lo aveva colpito con le unghie.

«Stai bene, piccola schiava?» Le allontanai le ciocche bionde quasi asciutte dal viso. «Danica?»

«Sì, padrone» mormorò. Aveva le labbra gonfie per i baci di Benn e adesso provai una fitta di gelosia, o forse era solo il bisogno di rivendicarla. Mi chinai in avanti e le presi la bocca, facendo passare la lingua tra le sue labbra come aveva fatto Benn.

Lei rispose, sempre dolcemente, aprendo le labbra e permettendomi di prendere tutto ciò che desideravo.

Da qualche parte, una vocina mi disse che era troppo bello per essere vero, ma ricacciai il pensiero. Benn me lo avrebbe detto presto. Probabilmente avrebbe sostenuto che sarebbe stato meglio venderla perché avremmo ottenuto un buon prezzo, ma mi sarei rifiutato.

L'avremmo tenuta noi. Oppure l'avrei tenuta io se Benn non avesse voluto vedere la ragione. Gli zandiani richiedevano delle femmine. Se non ce n'erano della nostra stessa specie, allora avevamo bisogno che le femmine umane si riproducessero.

Mi venne un pensiero e interruppi il bacio. La maggior parte delle schiave del sesso venivano sterilizzate per prevenire gravidanze indesiderate. E se non avesse potuto riprodursi? L'avrei desiderata ancora? *Kazo,* sì. Anche se prima o poi avremmo dovuto trovare anche una fattrice.

«Danica, piccola schiava fuggitiva.» Le passai la mano sulla schiena. «Da dove vieni?»

Il suo corpo, che era stato rammollito dal sesso, si irrigidì.

«Ah, non chiederglielo, Gorde. Se mente, dovremo punirla, e mi stavo godendo la sua morbidezza e dolcezza sulla mia pelle.»

La tirai giù tra di noi così che potessimo affiancarla entrambi. «Giusto.» La fissai con uno sguardo severo. «Non accetteremo bugie.»

«No, padrone.» La risposta fu automatica, ma vidi dell'intelligenza dietro i suoi occhi. Re Zander e gli altri che avevano preso spose umane avevano già dimostrato quanto gli umani fossero ampiamente sottovalutati dal resto della galassia.

Anche se potevano non essere così forti fisicamente e la loro psiche aveva sofferto per generazioni di schiavitù, avevano intelligenza e talento non sfruttati.

«Sei stata sterilizzata, piccola umana?» Le sollevai i capelli dal collo per assaporare la sua pelle.

Lei si irrigidì di nuovo. «No, padrone.» La sua voce sembrava strozzata. «I miei ormoni contraccettivi sono stati recentemente sospesi.»

Mi alzai per appoggiarmi sulla mano invece che sul gomito. «Quindi sei in grado di riprodurti?»

Il suo sguardo era diffidente, ma fece un solo cenno del capo.

Lanciai uno sguardo trionfante verso Benn, ma sembrava diffidente quanto la nostra schiava.

«Le umane sono ottime riproduttrici per la nostra specie» gli ricordai.

Si sedette e scese dalla piattaforma, come se la distanza fisica da me e dalla schiava lo salvasse dal discuterne con me. «Lo so bene» disse con dolcezza.

Avrei voluto fargli saltare i denti, ma per calmarlo dissi: «Ciò non significa che non possiamo continuare a cercare una zandiana.» Immediatamente, avrei voluto non avere parlato davanti a Danica. O almeno avere usato lo zandiano, lingua che pochi nella galassia capivano.

Era diventata un tronco.

«Senza offesa per te, assolutamente» dissi. «Sono certo che saresti un'eccellente riproduttrice per noi.»

Allargò le narici, ma non disse nulla.

Benn diede voce a ciò che probabilmente stava pensando. «Non ha chiesto di essere la nostra riproduttrice.»

Era questo il momento in cui avrei dovuto dirle che non era obbligata a riprodursi con nessuno dei due.

Notai che anche Benn non aveva fretta di dirglielo.

Eravamo entrambi dei bastardi di prima classe.

CAPITOLO QUATTRO

Benn

enn

Il mio dispositivo di comunicazione vibrò e lampeggiò, svegliandomi. L'umana, Danica, dormiva, le ciglia le svolazzavano contro le guance. La vidi pulsare nel collo, osservai il modo in cui il suo petto si alzava e abbassava. Stava sognando, come facevamo noi zandiani?

Il dispositivo lampeggiò di nuovo, quindi mi alzai, mentre la mia mente passava velocemente alla modalità militare.

«Capitano.» Mi allontanai dalla piattaforma del sonno per non svegliarla.

Il volto del capitano Rok lampeggiò davanti a me. «Ho bisogno che tu e Gorde dirottiate su Hectan-3. C'è un potenziale zandiano lì.»

Mi sporsi in avanti. «Una femmina?» Il cuore mi batteva forte per un misto di eccitazione e preoccupazione. Lanciai un'occhiata a Danica. Ieri, trovare una donna zandiana per me era l'unica cosa che desideravo nell'universo. Oggi...

Alzò una mano, fece una breve risata. «Maschio. Se parti adesso, sarai lì in meno di un'ora. Prendete precauzioni, usate lo scudo; ci sono navi ocreziane nella zona. Parla con Raxx per avere consigli sul pianeta.»

«Ricevuto. Mandami le coordinate esatte.» Esitai e mi sentii la faccia accaldata. «Ah, abbiamo... acquisito una femmina.» Mi schiarii la gola. «Un'umana.»

Adesso fu lui ad avanzare, alzando la voce. «Dove?» Gli si tese un muscolo della mascella. «In sicurezza?»

«Aurelia Minor. Il suo proprietario, *ex proprietario*» mi corressi, «non era consapevole del suo valore.» Qualcosa mi si contorse nel petto al pensiero dei suoi begli occhi, del modo in cui si erano spalancati per la paura all'asta, e scossi la testa. «Credimi, sappiamo come mantenere un profilo basso.»

Strinse le labbra. «Non possiamo ritardare la missione di salvataggio. Portarla con voi può essere un problema?»

«No. Possiamo gestirla. Possiamo sempre svenderla se diventa difficile.» Incrociai le braccia, cercando di ignorare la piccola fitta di senso di colpa che sentii nel petto. Naturalmente, mi sarei assicurato di trovare un proprietario che la trattasse bene e non le facesse del male...

«Fai quello che devi, ma riporta a casa il nostro zandiano. Massima priorità.»

«Ricevuto.» Conclusi la trasmissione e gesticolai, con eccitazione nella voce. «Gorde.» Era vicino alla console di volo e studiava una mappa digitale con punti luminosi.

«Ordini? Dove si va?» Riusciva sempre a interpretare il mio tono e il linguaggio del corpo. Girò le dita e la mappa dei luoghi in cui avevamo trovato gli zandiani si dissolse, mostrando la nostra posizione attuale nell'universo. «Chi è?»

«Un maschio.» Non avevo bisogno di spiegare di che specie: era l'unica specie che stavamo cercando.

Imprecò sottovoce e si alzò, fissandomi. «Prigioniero o libero?»

Alzai le spalle e controllai le comunicazioni per informazioni. «Non è chiaro. Ma lì c'è una prigione, quindi non sembra una bella situazione.»

Fece una smorfia. «Non è il momento perfetto.» Inclinò la testa verso la zona notte. «Ma lo scopriremo. Dovrebbe stare bene, vero? Non sembra... eccessivamente traumatizzata.» Lo sguardo affettuoso sul suo viso mi fece alzare gli occhi al cielo.

Rimanemmo entrambi in silenzio per qualche secondo. «No» concordai. «Anche se ho poca esperienza con le umane.» Non menzionai la possibilità di venderla o di sbarazzarmi di lei per rendere più semplice la nostra missione. Non perché ci avessi ripensato. Il fatto era che Gorde sarebbe andato su di giri se lo avessi fatto, e avevo bisogno che fosse concentrato.

«Vuoi dire nessuna esperienza» sbuffò Gorde. «A parte aver parlato una o due volte con la compagna di re Zander.»

Alzai gli occhi al cielo. «Tu invece sei meglio?»

«Ha adorato la mia esperienza nell'ultima rotazione del pianeta.» Ridacchiò.

«Lei l'ha tollerata. È la mia che l'ha fatta impazzire.» Gli diedi un pugno sulla spalla.

Rise, poi tornò alla mappa, dove un leggero segnale evidenziò una luce blu lampeggiante. «Quella è la loro posizione?»

Annuii. «Cosa sai di Hectan-3?» Lanciai un'occhiata a Danica, ancora addormentata, anche se ora si era spostata e aveva un braccio lungo ed elegante sopra la testa, che le copriva gli occhi. Sorrisi e sentii crescere l'eccitazione, ricordando quelle braccia e le sue splendide gambe, avvolte attorno a me.

Se un essere umano poteva farmi sentire così bene, non riuscivo nemmeno a immaginare quanto avrebbe potuto essere sorprendente con una vera femmina zandiana. Anche se era interessante, perché le femmine zandiane, le poche che avevo visto, non sembravano avere quei seni succulenti e quei fianchi sinuosi...

«Non è lì dietro, questo lo so.» La voce di Gorde interruppe le mie fantasticherie. «Stazione di passaggio di base. Offre rifornimento di carburante per le navicelle più comuni. Disabitato, fatta eccezione per i venditori e i minatori, non può sostenere la civiltà, ma ha molti depositi di stagno. E la prigione.» Alzò le sopracciglia, leggendo dal dispositivo di comunicazione. «Recentemente acquistato dagli ocreziani dal Ta'ab per una somma non resa pubblica, ma stimata in circa 1,2 miliardi di stein.»

Fischiai. «Per le stelle. Perché vogliono una prigione in un avamposto desolato?»

Alzò le spalle. «Il contrabbando, immagino. Oltre ad acquisire prigionieri e raccogliere taglie.»

«Cosa ci fa lì il nostro zandiano?» Il disagio mi fece stare in tensione e strinsi i pugni.

«Probabilmente bloccato in prigione. Lo scopriremo presto.»

«Quando arriveremo, dovrà rimanere a bordo della navicella.» Mi ribollì il sangue al pensiero della nostra vulnerabile schiava nelle mani degli ocreziani. Non che fosse nostra. E volevo ancora una femmina zandiana. Ma non ero un mostro. *Kazo*, dopo una notte passata a godermi il suo corpo, guardando i suoi occhi illuminarsi di passione e piacere, non potevo assolutamente permettere che qualcun altro le facesse del male.

«Senza dubbio.» Gorde aggrottò la fronte. «Possiamo fidarci di lei?»

Alzai le spalle. «Ha bisogno di una ragione convincente per restare.» Aggrottai la fronte, una parte di me desiderava che rimanesse semplicemente perché lo voleva. Perché *ci* voleva. Solo perché avrebbe reso le cose più facili, ovviamente.

Gorde incrociò le braccia. «È meglio se pensa, almeno per un po' ancora... di essere nostra schiava.»

«Concordato. È il modo migliore per tenerla al sicuro.»

Lui annuì, con la faccia tesa. «Penso...»

Qualunque cosa stesse per dire venne interrotta quando la nostra umana apparve dietro di lui, annusando le nostre essenze miste, un aroma che era più seducente di qualsiasi cosa avessi mai sperimentato, *kazo*.

Lei sbatté le palpebre verso di noi, i suoi lunghi capelli chiari arruffati attorno al viso perfetto, e io desiderai subito prendere una manciata di quel paradiso setoso e portarmela alla bocca, spingerla giù fino al mio cazzo, che stava già premendo contro i miei pantaloni da volo.

Deglutii a fatica. «Hai dormito?»

Il suo viso si arrossò. Sbatté le palpebre e le sue lunghe ciglia, pallide come i suoi capelli, mi fecero pensare alle parti basse. «È la prima volta che dormo per più di sei ore di fila, da quando ero...» si incupì. «Da molto tempo.» Incrociò le braccia e ci guardò. «E adesso?»

Ammiravo il suo approccio schietto, quasi quanto ero incuriosito dalle sue dita nude, dai suoi piedi delicati e dal modo in cui la maglietta con cui aveva dormito, una grande di Gorde, non faceva nulla per nascondere la sua figura sensuale.

Lanciai un'occhiata a Gorde. «Adesso mangerai. Da quello che so gli esseri umani necessitano di un sostentamento tre volte al giorno.»

Gorde annuì. «Le razioni nel magazzino dovrebbero sostenerti. Le trovi nei contenitori argento e bianco. Li ho aperti per te.»

Deglutì. «Grazie. Però intendevo» agitò la mano «dopo. Dove... cosa... avete intenzione di fare con me?» Arricciò le dita di un piede e la vidi tendere e rilassare il lungo muscolo nella parte anteriore della coscia.

«Qualunque cosa vogliamo.» La mia voce risultò più dura di quanto intendessi e lei si irrigidì, indietreggiando di qualche centimetro. Mi corressi con: «Sei nostra adesso e farai quello che diciamo. Qui e a Zandia.»

«Sì, padrone» rispose immediatamente, come se lo facesse a memoria. Ma ora stava stringendo le dita. Poi si mise per un attimo una mano sulla pancia e mi chiesi se non fossimo stati troppo duri con lei la scorsa sera. Speravo di non averla *scopata* troppo forte. Era dolorante?

Gorde aggiunse, con voce pacata: «E finché sarai obbediente, non avrai nulla da temere da noi. Capito?» Si allungò e le sollevò il mento con un lungo dito, puntando gli occhi su di lei.

Lei espirò, emise un piccolo suono tremante e annuì, senza parole, con la bella testa che dondolava. Nello stesso modo in cui si era mossa mentre mi succhiava il cazzo.

Mi costrinsi a concentrarmi. «Non ci sarà motivo per noi di darti una vera punizione, o di fare qualcosa... di più drastico, finché tu ci obbedirai. Dimmi di sì.»

La voce le uscì bassa e incrinata. «Certamente, padrone.»

Aveva paura ma cercava di nasconderlo. Era una cosa sbagliata, ma il mio cazzo si animò.

Mi girai per mascherare la mia eccitazione. «Devo controllare la traiettoria del volo. Ci fermeremo su un pianeta e tu rimarrai a bordo del velivolo mentre noi proseguiremo con gli affari.»

«Sì padrone.» Questa volta la voce le uscì più fluida e si sporse in avanti, con lo sguardo attento. «Ah... quale pianeta?» Sbatté le palpebre rapidamente.

«Non c'è bisogno che tu lo sappia.» La mia voce era di nuovo dura, ma non volevo che avesse queste informazioni. «È ostile, inospitale, soprattutto per la tua specie. Questo è tutto quello che hai bisogno di sapere.»

«Capisco.» Si morse il labbro.

«Allora vai a mangiare qualcosa.» gesticolai. «Dovrebbe essere facile trovare le razioni nella capsula. E... lavati. Se vuoi.» Quanto spesso si lavavano gli esseri umani? Non sapevo quasi nulla della loro specie.

Gorde le toccò il braccio. «Non aver paura» la incoraggiò. «Finché ci sarai fedele...» alzò un sopracciglio. Trattenni un sorrisetto. Era il signore e padrone delle minacce passive aggressive. Ma non avrei mai pensato di vederglielo fare con la nostra femmina. Insomma, l'umana.

Mi girai verso la console mentre lei si dirigeva verso l'area dei rifornimenti, costringendomi a non stabilire più un contatto visivo. Quando fu fuori portata d'orecchio, mi rivolsi al mio partner. «Il tracciamento aggiornato mostra la sua posizione all'interno della prigione.»

«*Kazo.*» Sospirò. «Sarà complicato.»

«Si tratta di un'unità di massima sicurezza. Noi due soli...» controllai Danica per assicurarmi che non stesse origliando. Dall'altra parte della navicella, stava timidamente aprendo un contenitore bianco e argento e mi lanciò un'occhiata dubbia, come se fosse incerta. Le feci un cenno e sorrisi. Si portò una mano alla bocca, la lasciò cadere, mi sorrise, poi tirò fuori un pacchetto d'argento e lo esaminò.

Arricciò il naso. «Come vuoi procedere?»

Danica aveva la fronte aggrottata e mi chiesi se avesse idea di che tipo di cibo stesse guardando.

«Sa leggere?»

«Che cosa?» Gorde aggrottò la fronte.

«Danica. So che la maggior parte degli schiavi agricoli

non può farlo, ma non so nulla delle schiave del sesso.»

«Non ne ho idea. Probabilmente dipende da chi ha servito prima di noi.» Scosse la testa in modo irritato. «Qual è il nostro piano di ingresso per il pianeta?»

La vidi strappare il pacchetto e prendere un pezzetto della frutta secca che c'era dentro. Inclinò la testa e diede un altro morso. Espirai. «Cacciatori di taglie che cercano un detenuto evaso?»

«Potrebbe funzionare. Impegnati a restituire il bene al legittimo proprietario.» Gorde annuì. «È una cosa che tutti rispettano.»

Dall'altra parte della stanza, vidi Danica irrigidirsi. Era quasi come se fosse riuscita a sentire le parole di Gorde. La mia convinzione che fosse una fuggitiva non era più l'unico sospetto che avevo su questa umana.

No, non ti restituiremo, piccola schiava.

Tenni gli occhi su di lei mentre parlavo. «La prigione sarà caotica se hanno trasferito la proprietà agli ocreziani. Possiamo giocarlo a nostro vantaggio.»

Si toccò il polso e contattò il nostro specialista delle operazioni su Zandia. «Raxx. Se avessi bisogno di entrare in una prigione ocreziana su Hectan-3 come cacciatore di taglie, di cosa avrei bisogno?»

Danica

Pensavano che non li sentissi, ma li ascoltavo attentamente mentre mangiavo le mele, le prugne secche, le noci. Cibo umano adatto al mio corpo, cose che avevano avuto origine su un pianeta morto da tempo.

«Grazie a Madre Terra» sussurrai, toccandomi la pancia. Avevo bisogno di sostentamento ora più che mai e il mio appetito sembrava inarrestabile mentre finivo un pacchetto, poi un altro.

Li guardai di sfuggita. Entrambi erano forti, alti, muscolosi e belli. Avevo visto la mia bella dose di maschi provenienti da tutto l'universo e questi due mi attraevano a livello viscerale.

Ma non potevo stare con loro. Volevano un'incubatrice, qualcuna che portasse avanti i loro geni. Oh, a loro magari poteva anche non dispiacere l'idea di mischiare il DNA con quello di un tipico essere umano, ma quello che portavo dentro di me era qualcosa che non avrebbero mai potuto accettare. Neanche un po'.

Il più alto, Gorde, mi si avvicinò e mi scrutò con i suoi occhi viola scuro, provocando un lento incendio nel mio corpo. «Danica.» Percepivo una gentilezza da parte sua sotto l'aspetto ruvido, qualcosa di dolce. Ero attratta da lui con una spinta incredibile. Come poteva piacermi così tanto, così in fretta?

«Grazie.» Tenevo in mano il pacchetto vuoto. «Era delizioso.» Trovavo difficile distogliere lo sguardo dai suoi occhi. Mi partì un formicolio nel profondo. Madre Terra, ancora? Il mio corpo era pronto per lui.

Rilassò le spalle. «Bene. Temevo che non... ti andasse bene.» Tese entrambe le mani. «Non ho familiarità con ciò che mangiano gli esseri umani.»

«Anche se ci sono schiavi umani sul tuo pianeta?»

Deglutì e un tendine del collo si mosse. «Al momento non sono accoppiato.» La voce gli uscì dura. «Gli zandiani che hanno compagne umane sono molto più informati riguardo alle loro caratteristiche.»

Accoppiato.

Interessante scelta di parole. Generalmente non ci si accoppiava con una schiava. Akron certamente non mi aveva mai considerata una "compagna". Ero stata una schiava del sesso, una serva, una fattrice. Mai una compagna. Che tipo di società avevano sul loro pianeta appena riconquistato?

«Quindi siete generalmente dei proprietari di schiavi gentili. Moderati.» Provai a immaginare la vita lì.

Inclinò la testa e distolse lo sguardo da me. «Non siamo scortesi.» Quando si guardò indietro, sorrise. «Sarai trattata bene, Danica.»

«Ma tutte le femmine sono considerate riproduttrici.» Mi si strinse lo stomaco. Avevo già avuto la mia parte sull'argomento. Ecco perché mi battevo per la libertà.

«Anche i maschi, se ci pensi in un certo modo.»

Inclinai la testa. «In che modo?» sembrava così serio che mi persi nei suoi occhi color ametista.

«La nostra popolazione è stata notevolmente ridotta. Gli zandiani, tutti quelli rimasti, devono fare tutto il possibile per garantire che la nostra società sopravviva e prosperi. Dobbiamo fornire dei piccoli che possano portare avanti i nostri geni.»

«Ma non accettate maschi umani. O di qualsiasi altra specie, giusto?»

«No.» Scosse la testa. «Beh, abbiamo alcuni maschi umani, quelli che hanno giurato fedeltà e hanno combattuto al nostro fianco per riconquistare il nostro pianeta. Avranno per sempre un posto su Zandia. Ma non accetteremo nuovi immigrati maschi. Non possiamo accoglierli, Danica. Abbiamo già poche femmine nella situazione attuale.»

«E se uno... arrivasse a Zandia, in qualche modo? Cosa succederebbe?» Non avevo intenzione di restare qui per scoprirlo, ma immaginavo che avrei dovuto saperlo, nel caso non fossi riuscita a scappare prima del nostro arrivo.

«I nemici vengono uccisi. Gli esseri neutrali vengono mandati via, da qualche altra parte.»

«Dove? insomma, dove mandereste un maschio umano?» Dovetti frenare l'impulso di coprire l'addome in modo protettivo.

Sbatté le palpebre. «C'è un pianeta nella galassia dove è sicuro per gli esseri umani. Beh, il più sicuro possibile. Jesel. Ma non possono restare a Zandia.»

Jesel, sì. Era quello che avevo sentito anch'io. Un pianeta in cui gli esseri umani erano effettivamente liberi.

«E i non umani? Diciamo, un essere della galassia che potrebbe non essere vostro nemico, non specificamente, ma la cui specie è conosciuta come violenta e crudele? Provereste mai a riabilitarli?»

«Perché lo chiedi?» Mi toccò la spalla. «Sarai al sicuro, Danica. Abbiamo ottime difese. Qualsiasi specie crudele non è assolutamente la benvenuta, te lo posso assicurare. Non li accoglieremmo mai a Zandia. Li rimanderemmo indietro non appena sapessimo del loro arrivo. Nessuna eccezione. Capito?»

«Sì.» Tremai. Capivo che dovevo andare a Jesel, perché restare con questi maschi non era un'opzione praticabile.

Benn si avvicinò. «Di cosa state parlando?» Guardò Gorde con uno sguardo accigliato, ma quando mi toccò la mano, la tenerezza sul suo viso mi fece sorridere. Questi due guerrieri, queste creature feroci, mi volevano entrambi.

«Le stavo dicendo che sarà al sicuro su Zandia.» Gorde mi toccò l'altra mano e, per un secondo, ebbi la sensazione che noi tre potessimo essere un circuito, tutti collegati, in un modo che alimentava una sorta di fame nella mia anima. Chiusi gli occhi e afferrai entrambe le loro mani forti, premendo le loro dita potenti contro quelle mie più piccole.

Mi piaceva come già adattavano automaticamente il loro tocco al mio corpo, più esposto e fragile del loro.

Ma non potevo abituarmici. Il loro pianeta non faceva per me, e dovevo ricordarmi che il mio obiettivo non era finire a fare la loro fattrice e su una roccia espulsa ai margini della galassia. Dovevo arrivare su quel pianeta dove andavano gli umani.

~

GORDE

DANICA PRESE FIATO e alzò lo sguardo verso di me. «Ho freddo. Ci sono altri vestiti che posso indossare?» Toccò la maglietta con cui aveva dormito. «Qualcosa di più caldo e protettivo?»

«Ovviamente.» Mi spostai sul lato della navicella e utilizzai il comunicatore da polso per aprire un armadietto chiuso a chiave. «Ecco gli indumenti di ricambio che abbiamo a portata di mano. Vedi se ti va bene qualcosa.» Non sapevo se i pantaloni e gli stivali le sarebbero andati bene, ma sembravano caldi.

Il suo viso si aprì in un sorriso enorme e sussultò, mentre tutta la sua espressione si illuminava. «Perfetto.»

Mentre iniziava a cercare tra le cose, toccai la spalla di Benn. Fu più un pugno che un tocco. «È ora di concentrarsi.» La stava fissando con un'espressione curiosa, come se stesse cercando di capire qualcosa, ma noi dovevamo entrare in modalità guerriero per la nostra incursione sul pianeta. «Raxx non era riuscito a entrare nel loro sistema carcerario da remoto: i blocchi erano rigidi. Avremo dovuto fare dei giochetti mentali con loro.»

Lui rise, subito concentrato. «La mia attività preferita. *Kazo.* Tu fai lo stronzo, io sarò quello buono.»

«Oh, *sono io* lo stronzo?» Strinsi gli occhi.

«Dico le cose come stanno.» Sorrise. «Chi altro prende a pugni il proprio amico solo per parlarci?»

«Stupido pezzo di escrementi» imprecai, accigliato.

«Appunto.» Annuì. «Ottimo lavoro, ragazzo mio.» Sorrise. «Segui le mie indicazioni e andrà tutto bene.»

Dal pannello di controllo risuonò un segnale acustico che segnalava il nostro arrivo nello spazio aereo di Hectan-3, ed entrambi girammo la testa. Trattenni il fiato, perché se il nostro velivolo non veniva accettato dal loro sistema di controllo aereo e non veniva autorizzato ad atterrare, saremmo stati *fottuti* prima ancora di iniziare l'operazione.

Ma un attimo dopo arrivò il secondo segnale, quello che indicava il via libera, e mi rilassai.

Mentre la navicella iniziava la consueta serie di regolazioni automatiche per la discesa, guardai Danica. Teneva stivali e vestiti tra le braccia e sembrava determinata mentre osservava il pannello dall'altra parte della stanza.

Troppo determinata.

Feci un cenno a Benn, e poi a lei.

Lui si voltò. «Già» disse piano. «Cosa faremo a riguardo?»

«Mi dispiace dirlo ma...» Recuperai un paio di manette dallo scomparto laterale. «Non le piacerà, ma penso che sia necessario.» Gliele consegnai.

Alzò entrambe le mani e poi le sopracciglia. «Abbiamo già deciso che sei tu lo stronzo, per una buona ragione. Quindi fallo tu. Entra nel personaggio, fratello.» Rise. «Puoi farti perdonare più tardi con la lingua, ne sono sicuro.»

«*Kazo* di bestia» gli mormorai. Ma era un'opportunità per toccarla e l'avrei colta.

Mi avvicinai a Danica. «Dammi la mano, schiava» ordinai.

Lei non oppose resistenza, non esattamente, ma non mi diede facilmente il braccio, quindi mi allungai indietro e le diedi una pacca sul sedere, forte. Il mio cazzo si animò, ma non c'era tempo per quello adesso.

«Ahi» si lamentò, allungandosi per strofinarsi, ma io le afferrai anche quella mano. Ci vollero pochi secondi per ammanettarle il polso delicato con le bande magnetiche luminose, quelle controllate dalla mia voce. Ancorai quella sinistra alla serratura nel muro della navicella.

«Mi dispiace» le dissi, e lo pensavo sul serio. Le toccai il viso, ma lei spostò il mento e vidi il suo petto sollevarsi. «Piangi?» alzai la voce mentre provavo a guardarla negli occhi. Era una cosa che facevano gli esseri umani, questo lo sapevo, quando provavano forti emozioni. Il fatto era che anch'io provavo tutta una serie di emozioni, guardandola. La necessità di proteggerla. Di tenerla al sicuro.

No, non stava piangendo. Era arrabbiata.

«Non hai bisogno di bloccarmi.» La sua voce era alta e tesa, coraggiosa, ma le tremava tutto il corpo.

«Abbiamo bisogno che tu rimanga su questa navicella, Danica. Dove sarai al sicuro. Non voglio...» L'idea che qualcun altro mettesse le mani su di lei mi fece rabbrividire.

«Ho intenzione di farlo. Cosa potrei fare su un pianeta inospitale? Voglio solo andare in un posto sicuro.» Lo aveva detto con un tono convinto. Ma il modo in cui ci aveva guardati prima, così vigile, con tutto il corpo in allerta...

Mi schiarii la gola. «So leggere i segnali di fuga. Rimarrai ammanettata qui fino al nostro ritorno.»

«E se non tornate?»

Indurii la voce, perché in questo momento non c'era tempo per l'intimità. «Faresti meglio a sperare che lo facciamo, perché qualsiasi cosa là fuori sarà molto peggio di quello che abbiamo pianificato per te.»

Le afferrai il mento, non bruscamente, ma con fermezza, e la guardai negli occhi. «Dico sul serio, Danica. Non c'è niente per te su questo pianeta.»

Annuì. «Sì padrone.» Sembrava ancora arrabbiata, ma aveva gli occhi umidi.

«Torneremo. Te lo prometto.»

Guardò il pavimento, dove giacevano ammucchiati i vestiti che aveva scelto. «Ho ancora freddo.»

Il suo braccio era caldo quando lo avevo toccato. Ma ricordai come tremasse poco fa. Presi una coperta dal contenitore e gliela misi sulle spalle, le mie dita ne volevano ancora. «Ecco. Ti daremo il tempo di vestirti al nostro ritorno.»

Strinse la bocca e alzò le spalle. «Va bene.» Adesso aveva gli occhi bassi e si accasciò contro il muro. «Posso almeno sedermi o dovrò stare in piedi tutto il tempo?»

Aggiustai il punto di ancoraggio a cui era attaccata la manetta. «Scivola. Puoi stare in piedi o sederti. Non puoi proprio allontanarti da questo luogo.» Esitai. «Ti fa male?»

Fece un verso simile a una risata, ma non c'era ironia nei suoi occhi. «Non è un sì o un no, padrone.» Tirò la manetta.

Il tono della mia voce divenne teso. «Ti fa male il polso?» Le toccai la pelle appena sopra il la manetta. «È troppo stretta?»

«Il polso non mi fa male.» Disse con voce piatta. «Starò bene.»

«Anche noi.»

Lei mi guardò e fui sorpreso dall'espressione del suo viso. «Tornate sani e salvi» disse con voce quasi feroce.

«Abbiamo intenzione di farlo. Lo facciamo sempre.»

CAPITOLO CINQUE

Benn
Eravamo già entrati nel personaggio quando
uscimmo dalla nostra navicella. Indossavamo l'abbigliamento tipico dei cacciatori di taglie: abiti resistenti in colori neutri, molte tasche per l'attrezzatura, dei giubbotti antiproiettile. Stivali corazzati di platino. Manette legate in vita. Antenne e pelle mascherate da copricapi, così che nessuno sapesse che eravamo zandiani. Camminavamo a testa alta, con atteggiamento arrogante, come se possedessimo il *kazo* di mondo. Come se avessimo partecipato a mille scazzottate e fossimo pronti ad affrontarne altre mille. Come se non vedessimo l'ora di buttarci in una rissa, predisposti alla violenza e al pericolo.

«Ci sono molte navicelle qui.» Gorde si guardò intorno mentre entravamo nella navicella terrestre, che avevamo sganciato dalla nostra nave principale.

«È una stazione popolare. È sulla traiettoria di volo di un mucchio di pianeti. Terribile.»

Mi schernì. «Questi posti sono sempre tetri.»

L'area di atterraggio si estendeva a perdita d'occhio a

sinistra e a destra, e c'erano oltre un centinaio di veicoli attraccati qui: navicelle da trasporto, voluminose, gonfie di carichi preziosi, si estendevano sulla sinistra, la maggior parte con guardie armate in servizio. All'interno e all'esterno.

Le navicelle diplomatiche con le insegne del segno galattico della neutralità, che non sempre veniva rispettato, si trovavano in una sezione a destra. Le squallide navicelle di trasporto, quelle che in genere ingannavano i passeggeri e rubavano i loro soldi, a meno che non si trattasse di esseri duri e con il fisico adatto a uccidere senza un'arma.

E poi il resto di noi, imbarcazioni di varie dimensioni e forme, ognuna con i propri piani e destinazioni, sparpagliate nell'area in file regolari. Le capsule di rifornimento rombavano avanti e indietro, le luci lampeggiavano.

«Che puzza.» Arricciai il naso e guardai il cielo color ruggine, denso di particelle e smog.

«È l'attività mineraria. A loro non importa se distruggono questo pianeta.»

«Usalo e distruggilo.» Mi accigliai. L'idea di rovinare le cose a scopo di lucro mi faceva male nel profondo. Dopotutto, era quello che i finn avevano fatto a Zandia, più o meno. *Kazo,* per fortuna avevamo avuto indietro il nostro pianeta.

«Andiamo dritti alla prigione, allora?»

«Sì. I cacciatori di taglie non perdono tempo. E dobbiamo agire velocemente. Abbiamo cambiato l'ID della nostra navicella con quello di una nave da caccia, ma non so per quanto tempo questo li ingannerà se decideranno di approfondire.»

Impostai le coordinate e, in un attimo, vedemmo le mura inquietanti dell'edificio penitenziario torreggiare su di noi, grigie, d'acciaio, spesse. Impenetrabili. Camminando verso l'ingresso, sentimmo l'odore di spazzatura in decomposizione mescolato alle emissioni delle operazioni minerarie locali.

Gorde grugnì. «Raxx ha detto che hanno scollegato la recinzione elettrica durante il cambio di proprietà.»

«Bene. Non sono così organizzati come vorrebbero sembrare.» Scrutai il primo piano, con i sensi vigili. Toccai la borsa piena di stein che avevo in vita. «E gli ocreziani sono sempre aperti alle tangenti.»

«Ci siamo.» Inspirai. «Pronto?»

«Sono nato pronto.» Riconobbi quel tono nella sua voce, quello pieno di energia impaziente.

Alzai la mano e la guardia di Ocrezia all'ingresso premette un pulsante. La parete di vetro si aprì.

«Cacciatori di taglie.» Sputai quasi le parole, fissando la guardia. «C'è una mia proprietà legale in questo sito.»

Lui in principio non reagì, poi gli si aprì sul viso un sorriso lento e mellifluo si diffuse. «Tutto in questo posto è di mia proprietà, adesso. Civile.» Sorrise. «Ti rivolgerai a me citando il mio grado se vuoi parlarmi ancora. Generale Ofte. Voi delinquenti non ci azzeccate mai la prima volta.»

Ringhiai, come se fossi stato insultato, e mi chinai in avanti, afferrandogli il colletto. «Fetido cadavere. Dovrei farti a pezzi proprio qui, adesso.»

Si irrigidì sotto le mie mani, ma il suo sguardo non vacillò. Non era preoccupato, il che significava che la sicurezza qui era rigorosa. *Kazo.*

«Fallo e voi due finirete nella fossa.» Rise. «Parliamo di un posto in cui nessuno vorrebbe trovarsi per un giorno, figuriamoci per l'eternità.»

«Rifiutarsi di consegnare a una taglia posseduta legalmente è punibile ai sensi dell'accordo galattico X-27.» Mi costrinsi a non reagire alla sua minaccia. Lo liberai con uno scossone e diedi un'occhiata di lato. Altre guardie oziavano in una stanza laterale, ma stavano ascoltando. Guardando. Ed erano armate. «Qualcosa di cui voi ocreziani vi approfittate spesso.»

«Chi lo farà valere qui?» Il suo sorrisetto mi rese facile atteggiarmi come se fossi ancora più infuriato.

«Forse lo farò io, proprio qui e ora.» Mi allungai di nuovo, ma Benn arrivò in un lampo, piazzando la sua mano sulla mia.

«Giù» sbottò, poi calmò la voce mentre guardava la guardia. «Ho sentito che la paga qui diminuirà con la nuova proprietà.»

«Che c'entra questo?» Ma la guardia si sporse in avanti, con gli occhi scintillanti.

Benn alzò le spalle e si appoggiò al muretto, il tramezzo che separava la guardia da noi. «Non ha molta importanza per me. Il mio stipendio è lo stesso, indipendentemente da quanto ci sia lì dentro.» Indicò le porte interne chiuse, oltre le quali si trovavano le celle di detenzione. «A dire il vero, ho ricevuto un bonus in questo ciclo solare per i miei sforzi.» Alzò un sopracciglio. «È bello essere riconosciuti. Profumatamente.»

«Immagino.» La guardia spostò lo sguardo da Benn a me, agli altri ocreziani nella stanza laterale. Si schiarì la gola. «Forse potrei vedere se la tua proprietà è qui. Non posso promettertelo.»

«Il compenso sarà commisurato, ovviamente. Con quello che otterremo.» Benn toccò la borsa al suo fianco.

«Senza dubbio.» La guardia finalmente si fece avanti. «Ma naturalmente non si possono portare armi in prigione. Saranno al sicuro qui.» Indicò una cassaforte argentata dietro di lui. «Quindi, se volete rinunciare alla vostra protezione, posso portarvi volentieri a fare un giro.»

Ce lo aspettavamo, ma mi sentii comunque ghiacciare il petto nel consegnare il mio storditore e il pugnale. Certo, il maestro Seke ci aveva addestrati a usare qualsiasi cosa come arma, comprese le mani e i piedi. La guardia ci scansionò con un detector e mi prese il coltello nascosto alla caviglia. «Venite allora.» Si avvicinò alla porta principale e usò la sua impronta digitale per aprirla. «La biometria rende più facile prevenire le fughe.» Ci sorrise, con espressione fredda.

«È giusto» La voce di Benn era tranquilla. «Vivere qui deve essere difficile, suppongo. Sul pianeta.»

«Ce la caviamo.» L'ocreziano alzò la mano e un'altra porta si aprì, era di vetro spesso e acciaio.

«Recentemente abbiamo... acquisito... una consegna.» Benn teneva il passo con la guardia, mentre io lo seguivo. «Articoli di lusso di Matrigar. Valgono centomila stein. Non appena la mia navicella lascerà sana e salva questo spazio aereo con a bordo i dati biologici del nostro prigioniero, potrò dirottarli qui. Automaticamente nel sistema, senza registrarli. Per ringraziarti del disturbo.»

La guardia rise. «Sei un tipo attento, eh?»

«Esiste un altro modo di essere?»

«Fammi vedere.» La guardia si fermò davanti a una cella, un buco nel muro umido e buio che mi fece venire i brividi. Invece, alzai gli occhi al cielo e battei il piede.

Benn alzò il comunicatore. «Tutto ciò di cui abbiamo bisogno sono entrambe le nostre firme digitali e il gioco è fatto. Certo, supponendo che usciamo con il carico appropriato, ovviamente.»

«Ovviamente.» La guardia piazzò il pollice sulla tavoletta. Poi alzò la mano, la porta si aprì e le luci si accesero.

Inspirai. Nell'angolo in fondo alla cella, sporco e insanguinato, c'era uno zandiano. Il cuore mi si riempì di rabbia nel vedere uno dei miei in tali condizioni, e l'ira che mi riempiva gli occhi mi offuscò la vista.

«Era... poco collaborativo.» La guardia sorrise, si avvicinò allo zandiano e gli diede un calcio nelle costole, strappandogli un sussulto doloroso. La sua bocca era così malconcia che non riusciva a parlare. Gli occhi erano gonfi e chiusi. «Ma abbiamo modi per garantire che i nostri prigionieri vadano dove gli diciamo.» Sfilò uno shock stick dalla vita e lo preparò. «Alzati.»

Strinsi i pugni, pronto a ruggire, per strappare la testa a questa guardia. Benn si fece avanti. «Se non è in condizioni di volare, l'accordo salta. Abbiamo bisogno di lui vivo.»

La guardia fece un passo indietro e alzò le mani. «Ovviamente.» Ci guardò. «Ricercato per furto e contrabbando, livello H. Ha una condanna a morte, o almeno così si legge nel suo fascicolo.» Si rivolse al prigioniero. «Buon viaggio. È tutto vostro.»

Il copricapo ci nascondeva le antenne, e lo SkinSan maschera il colore della pelle, ma lo zandiano ci riconobbe come fratelli; Lo vidi dal modo in cui inclinò la testa, guardandoci attraverso le fessure gonfie, dal modo in cui sussultò quando le nostre mani gli afferrarono le braccia. Ero infuriato perché lo avevano codificato come uno schiavo.

Volevo essere gentile, ma eravamo dei cacciatori di taglie, quindi mantenni la mia espressione e i miei movimenti impersonali. «Vieni con noi adesso o non finirà bene per te» gli dissi bruscamente, sollevandolo rudemente in piedi. «Puoi camminare?»

Si leccò le labbra e gracchiò. «Ho bisogno...»

Aveva bisogno dei cristalli, altrimenti sarebbe morto. Ma il solo fatto di starci vicino doveva avere un effetto ristoratore, perché il suo respiro si uniformò e sbatté le palpebre.

«L'acqua la troverai sulla nave da trasporto» dissi, accigliato e scuotendo la testa. Lo accompagnammo lungo il corridoio e il mio battito accelerò quando raggiungemmo l'ultima porta, perché ciò che vidi mi fece salire l'adrenalina.

Due guardie di Ocrezia si trovavano davanti alla porta,

con le mani sulle armi. Altre due stavano di lato, uno di loro parlava in un dispositivo di comunicazione. Si girarono tutti lentamente a guardarci, come se stessero guardando un video olografico. Erano divertiti. Uno di loro sorrise e si sfregò le mani.

La nostra guardia si fermò davanti alla porta, ma non la aprì. Fece un passo indietro. «Il nostro viaggio insieme finisce qui.» Alzò il suo shock stick e gli altri estrassero le armi. «Penso che avere tre zandiani possa essere una meravigliosa merce di scambio. Per me sono più importanti dei tuoi stein. Immagino che re Zander darebbe una discreta quantità di cristalli per riportarvi indietro, con la maggior parte dei vostri arti intatti.» Osservò la borsa di Benn. «Anche se prenderemo anche quella. Mi mancheranno gli articoli di lusso, ma oh, va bene.» Rise. «Nuova tecnologia di riconoscimento facciale con IR profondo. Non si possono ingannare gli ocreziani. Non più.» Sorrise e si lanciò verso di noi, e così fecero gli altri.

Benn e io lasciammo cadere lo zandiano salvato e ci voltammo per affrontare i nostri avversari. Saltai e scalciai, usando il tacco dello stivale per sfondare la robusta mascella dell'ocreziano. Lo schiocco delle sue ossa e il suo grido acuto echeggiarono sulle pareti lucide del corridoio, e il suo shock stick lampeggiò mentre gli volava via di mano. Benn grugnì quando uno degli ocreziani lo colpì con lo storditore, ma il suo abbigliamento protettivo riuscì ad evitarne i danni. Tuttavia inciampò e io lo afferrai, tenendolo in piedi, prima di voltarmi. «Ci sei» mormorai, rivolgendomi alla guardia successiva.

«Ecco cosa puoi farci» -calcio- «con il tuo» -un pugno potente fece volare uno di loro contro la parete liscia, che urtò con il cranio con uno schiocco soddisfacente, il suo collo scattò in avanti e poi si allentò, gli occhi si svuotarono di colore mentre crollava a terra lungo il muro, e il sangue gli colava dall'angolo della bocca - «IR profondo.»

Spinsi l'ocreziano davanti a me con tutta la mia forza, direttamente nel setto nasale, e lo sentii cedere. Benn lasciò andare a terra l'ultimo e noi due ansimammo, Benn si chinò con le mani sulle ginocchia. Mi pizzicava l'occhio e quando mi asciugai, vidi la mia mano macchiata di sangue viola. Il mio, perché non aveva l'odore di zolfo del sangue e delle interiora degli ocreziani, anche se adesso il loro fetore era su di noi, ovunque.

L'espressione di Benn era selvaggia, gli occhi feroci. «Dobbiamo andare. Subito.»

Feci un respiro profondo e afferrai lo zandiano caduto, che respirava affannosamente, aveva il viso pallido e le antenne avvizzite. «Sta morendo. Dobbiamo portarlo sulla navicella. Lo sollevai in piedi, ignorando il dolore al fianco sinistro dovuto al colpo di blaster.

Benn si pulì la bocca e afferrò il braccio dello zandiano. «Andiamo.»

Eravamo già fuori dalla prigione e il nostro mezzo di trasporto era ancora lì nel parcheggio. Nessuno ci prestava molta attenzione; gli esseri sanguinanti trascinati via chiaramente non erano fuori dalla norma qui. Quando entrammo, scrutai la prigione dietro di noi. «È solo questione di tempo prima che l'intera forza locale di ocreziani ci insegua.»

«Gli ocreziani adorano una buona caccia.» Benn fece una smorfia. «E torturare la preda prima di ucciderla.»

Grugnii, impostando le coordinate della nostra nave. «Una volta che lo avremo portato a bordo, decolleremo immediatamente e usciremo da questo spazio aereo. Tu stabilisci i dettagli del pilota e io lo porterò nella capsula medica.»

Ma quando raggiungemmo la nostra navicella e ci imbarcammo, non senza difficoltà, maledissi me stesso, perché i nostri problemi si erano appena amplificati. Il braccialetto magnetico pendeva dal muro, vuoto. Danica se n'era andata.

~

DANICA

GLI STIVALI ERANO TROPPO GRANDI, ma mi proteggevano i piedi dal terreno bollente. Questo pianeta era secco e polveroso e la mia fronte cominciò a sudare non appena scesa dall'astronave. Tossii e mi afferrai la bocca: dovevo stare zitta, non importava quanto fetida e inquinata fosse l'aria. Mi pizzicavano i polmoni mentre respiravo, respiri brevi e superficiali, e tossii di nuovo mentre sfrecciavo da dietro la nostra navicella a quella successiva.

La "nostra" navicella... no. La navicella dei miei rapitori.

Respinsi i ricordi della nostra notte insieme, della sorprendente passione, e scrutai la zona. Non sarei stata al sicuro finché non fossi stata una donna libera. Sicuramente non sarei andata a Zandia per fare la fattrice e far scoprire il mio segreto. No, avrei corso il rischio qui, perché in questo vasto parcheggio galattico sapevo di poter trovare un velivolo diretto nel luogo in cui dovevo andare. Jesel.

Mi strinsi addosso la giacca spessa e appesa, felice che il cestino dei vestiti contenesse un copricapo, che avevo usato per legarmi e nascondere i capelli. Con i miei vestiti larghi e ruvidi e la sporcizia che mi ero passata sulla faccia, potevo passare per un maschio. In questa stazione, esseri di tutte le specie si mescolavano, anche se per un breve periodo, solo per fare rifornimento o rifornire le loro navi. Tecnicamente erano zone di non aggressione, questi avamposti, e questo giocava a mio favore.

Inspirai e camminai veloce verso la navicella successiva, restando sospesa nell'ombra creata dall'enorme ala, scrutando in lontananza. Sì! A circa ottocento metri da me riconobbi il logo della navetta passeggeri InterTrack. Altre schiave erano solite sussurrare che questo era il trasporto che portava chiunque, senza fare domande, senza bisogno di fastidiose pratiche burocratiche.

Raddrizzai le spalle e avanzai, tenendo la testa alta e l'andatura sicura. Quando raggiunsi l'approdo, feci un cenno al telluriano che stava di guardia alla base della stazione di ingresso. «Sto cercando un passaggio.»

Mi fissò con tutti e tre gli occhi, grattandosi la testa con un braccio tentacolato. Incrociò le altre braccia sul petto. «Siamo pieni.» Il suo sguardo scivolò oltre me, poi tornò indietro.

Estrassi un sacchetto di monete dalla mia voluminosa giacca. Oro che avevo preso dalla borsa di Benn. «Posso pagare in oro. Nessuna tassa, nessuna commissione. Solo puri stein.»

Sbatté le palpebre, che si chiudevano come quelle delle lucertole che correvano sul mio vecchio pianeta. «Pieno vuol dire pieno.»

«Il doppio.» Strinsi alcune monete nella mano guantata.

Quando non reagì, alzai le palpebre. «Con un bonus per te.»

Non si mosse per molto tempo e la bile mi salì in gola. Ogni rumore dietro di me era come uno sparo allo stomaco. Mi stavano già dando la caccia?

Poi sbatté di nuovo le palpebre, con quel lento aprirsi e chiudersi. «Il triplo. E solo fino a Tellurex. Non voglio sapere la tua destinazione finale. Puoi prendere un altro mezzo lì.»

«Aggiudicato.» Resistetti all'impulso di guardarmi alle spalle. Una capsula di rifornimento sfrecciò oltre, emettendo suoni sferraglianti e metallici, come se alcuni ingranaggi fossero usurati, e scomparve dietro una navicella più in basso sull'asfalto. Vidi vari esseri in giro e il mio disagio crebbe: avevo bisogno di sparire dalla vista, velocemente.

«Le armi verranno controllate e custodite per tutta la durata del volo. Per garantire la sicurezza di tutti i passeggeri.» La sua bocca lunga e sottile si curvò in un sorriso, rivelando denti lunghi, affilati come rasoi, sussurranti, in file affusolate di tre, su entrambe le mascelle superiore e inferiore.

«Ovviamente.» Tesi le cosce, strinsi il pugno. Resistetti alla tentazione di rabbrividire.

«Partiamo tra un'ora. Puoi salire a bordo subito...»

Si interruppe, facendo un passo indietro, spalancando gli occhi. Mi girai, con il cuore in gola e nel panico quando guardai dritto nella brutta faccia piatta di un tozzo ocreziano.

«Cosa abbiamo qui?» chiese l'ocreziano, con gli occhi scintillanti mentre mi esaminava, il suo sguardo troppo acuto per i miei gusti.

Il telluriano alzò le spalle. «Trasporto passeggeri. Chi lo chiede?»

«Specialista della prigione X23-G.» L'ocreziano mostrò un distintivo. «Alla ricerca di schiavi fuggitivi.» Sollevò un elegante dispositivo lampeggiante. «Sono certo che non ti dispiacerà se faccio una rapida scansione, solo per assicurarmi che i tuoi passeggeri siano tutti legittimi.»

Il telluriano si irrigidì e i suoi occhi diventarono rossi. «Questa è una stazione di passaggio neutrale, guardia. Non mi interessa chi sei, i miei passeggeri sono off limits.» Il suo corpo iniziò a gonfiarsi ed espandersi davanti ai miei occhi, i suoi muscoli si gonfiarono in creste dure. Un odore acre di sudore riempì l'aria. Lanciò un'occhiata alla mia borsa d'oro.

Sapevo che gli importava solo dei miei soldi, ma ero grata che stesse resistendo all'ocreziano.

L'ocreziano non si mosse davanti alla sua reazione. «Ci vorrà solo un secondo.» Sorrise, un sorriso viscido e cattivo che lasciava i suoi occhi piatti e freddi. «Poiché noi ocreziani ora possediamo la prigione locale, abbiamo ulteriore diritto di cercare i fuggitivi sul pianeta.»

Inspirai e tossii, i fumi acri mi bruciavano i polmoni. Probabilmente non c'era abbastanza ossigeno qui per me, e mi sentivo stordita e avevo freddo, caldo, nausea. Ma qualcosa nel mio stomaco si contorse, qualcosa di nascosto e misterioso, che mi diceva che dovevo reagire...

Lo percepii prima che accadesse; l'ocreziano si protese, veloce come un serpente, i suoi artigli lampeggiarono sotto le luci della navicella, e io ero già saltata di lato. Anticipandolo. A quanto pareva i miei riflessi funzionavano ancora.

«Madre Terra!» Mi girai e corsi, le monete mi volarono dalle dita come raggi di sole, cadendo sulla terra arida. L'adrenalina mi diede velocità e io volai, aggirando gli ostacoli con facilità, con la mente che si muoveva velocemente per pianificare il mio percorso.

Ma lui fu più veloce. Passarono solo pochi secondi prima di sentire le sue mani sulla mia giacca, e mi mancò il respiro mentre mi fermava sul mio cammino, facendomi girare bruscamente per affrontarlo. Tornammo indietro alla navicella da trasporto e mancò poco che piangessi: la mia salvezza era così vicina, eppure così infinitamente lontana.

«Sei un'umana» sputò, il suo alito disgustoso mi dava la nausea.

«No. Toglimi le mani di dosso» sbottai, lottando invano.

«Se non lo sei, allora cos'hai sul collo?» Mi guardò lascivo. «Le prime cifre indicano un umano.»

Madre Terra. Il mio copricapo si era allentato, esponendo

il codice a barre. Presi la sciarpa e la riavvolsi. «Non ti riguarda.» Dovevo salire su quella navicella da trasporto: una volta a bordo, lui non sarebbe potuto salire. Nessuno poteva, a meno che non fosse invitato dall'armatore.

«È finita.» Rise. «La tua vita è mia. Non opporti, altrimenti renderò la situazione molto, molto peggiore.» Il suo brutto ghigno mi fece venire la bile in gola.

Feci un respiro profondo e mi girai per scappare di nuovo, ma lui mi afferrò il braccio, premendo forte con la sua mano ripugnante. A quel punto gridai, con tutte le mie forze, anche se qui non c'era nessuno a cui importasse. Nemmeno il telluriano: voleva soldi facili; non si sarebbe fatto coinvolgere in una discussione con un ocreziano. Nessun essere sano di mente lo avrebbe fatto.

Mi girò la testa per il terrore e poi, con mia totale sorpresa e sollievo, ecco Gorde. Forte, ansimante, con gli occhi pieni di rabbia e preoccupazione. «Lasciala andare.» Con un pugno feroce, fece cadere l'ocreziano, e fui abbastanza sicura di avere sentito lo schiocco delle ossa mentre quel mostro cadeva a terra, allentando la mano sul mio braccio come un fiore orribile che sbocciava. Capii che era morto prima di vedere la macchia marrone scuro del suo sangue.

«Danica. Dobbiamo andare via da qui, subito, *kazo!*» Mi afferrò, ma non riuscivo a muovermi.

Paralizzata, lo guardai. «Io...»

«Che *kazo* stai pensando?» mi ruggì in faccia. «Verrai a Zandia con noi. Non hai il diritto di girovagare per questo *kazo* di posto desolato e mostruoso piena di creature violente le cui vite valgono meno di niente.» Sputò all'ocreziano per terra.

Non amavo gli ocreziani. Ma le sue parole mi ricordarono perché avevo un disperato bisogno di salire su quella navicella da trasporto.

«Lasciami andare!» Urlai, strattonandolo, cercando di aprirgli le mani con le unghie. «Devo andare. Lasciami andare.»

«Andare dove?» Il suo respiro si mescolò al mio, entrambi ansimammo. La sua faccia era a un centimetro di distanza dalla mia. «Con questa creatura?» fece un cenno alla nave da trasporto, al telluriano, che era nascosto nell'ombra, ancora gonfio, a guardare. «Che probabilmente ti ucciderà o ti rivenderà a un'asta di schiavi non appena lascerai questo pianeta?» Aveva gli occhi feroci e selvaggi. «Sei indifesa, Danica. Non puoi scappare in questo modo. Verrai uccisa in un batter d'occhio.» Anche nel panico, notai che il suo viso era stanco. E del sangue viola gli colava da una ferita sulla tempia.

Strinse la presa. «E tu mi appartieni, adesso. A me e Benn. Andiamo. *Kazo*.»

Cominciò a camminare e, quando feci resistenza, semplicemente mi afferrò e mi lanciò sulle sue spalle, come se non pesassi nulla.

«Non capisci.» Mi accasciai sulla sua spalla, senza più forze, con i muscoli che tremavano. «Non posso venire con voi. Per favore.»

Lui non rispose, ma accelerò il passo finché non iniziò a correre. La testa mi martellava per le scosse e lo stress, e quando raggiunse la navicella, il cranio mi stava andando in frantumi.

Mi scaricò senza troppe cerimonie contro il muro e mi attaccò la manetta.

«Andiamo» scattò, e Benn mise immediatamente in moto la navicella. La partenza fu più veloce e più dura di qualsiasi altra avessi mai sperimentato, e sebbene l'AirPulse mi tenesse al sicuro sul posto durante la brusca ascesa, trattenni il respiro, stordita, mentre scappavamo dall'orbita.

«Siamo a posto?» La voce di Benn era tesa.

«Sì. Ho steso l'ocreziano che l'aveva identificata come umana quando l'ho trovata.» Gorde mi fece un cenno. «Nessuno ci ha seguiti, e ormai siamo abbastanza lontani perché loro possano raggiungerci, anche se ci provassero.»

«Quindi non avremo visite a sorpresa a Zandia» disse Benn, «in cerca di proprietà scomparse. Che sollievo.»

Sentii dei leggeri segnali acustici provenire dall'area laterale e notai che la capsula medica sembrava essere occupata. Anche se allungai il collo, non riuscii a vedere chi, o cosa, ci fosse nella capsula. Tremai mentre il velivolo faceva un balzo in avanti, ansia e sollievo si mescolarono alla nausea.

«Vi siete trovati un'altra fattrice?» schioccai. «Spero che abbia reagito. Vorrei che ti avesse procurato una ferita peggiore.» Mi accigliai. «Inoltre, avete entrambi un odore terribile.» Mi misi la mano libera sulla bocca, mentre una nuova ondata di vertigini mi attraversava.

Nessuno dei due zandiani rispose.

«Ho bisogno di liquidi.» Feci un respiro profondo. «Non mi sento bene.» Sbattei le palpebre e la scena davanti a me sfumò, addolcendosi in un paesaggio acquatico. Questa volta la manetta non si mosse con me e, quando mi accasciai, tutto il mio braccio si tese mentre mi appendevo in avanti e vomitavo, con la spalla torta.

«Aiutala» sbottò Benn. «Qui ci penso io.»

Gorde fu al mio fianco in un lampo con una fiaschetta di liquido trasparente. «Ecco.» Mi aggiustò in modo che il mio braccio non fosse teso e fissò la manetta in modo che potesse scivolare. Si sedette, cullandomi in grembo e avvicinandomi la cannula alla bocca. «Bevi.»

Bevvi tutto il succo dolce e mi asciugai gli occhi. «L'aria su quel pianeta...»

«È duro. Te lo abbiamo detto.» La sua voce era dura, ma

sentivo qualcos'altro nel suo tono, e gli occhi mi scrutavano il viso. «*Kazo*. Avresti potuto rovinarti i polmoni se fossi stata lì più a lungo. Non è fatto per gli umani, Danica.» Si allungò e mi accarezzò il viso. «Stai piangendo.»

«No.» Distolsi lo sguardo. Dannazione. Dovevano essere gli ormoni. Non piangevo mai.

«Perché sei scappata?» Mi diede un colpetto sul mento e il suo tono si fece più acuto. «Ti avevamo detto di restare. Come ti sei liberata dalle manette?»

Alzai le spalle.

«Dimmi.» Strinse le mani.

«Ahi.» Mi tirai indietro e lui allentò immediatamente la presa. «Non lo so come, Gorde.»

«Non mentirmi.» Mi guardò accigliato. «Hai già una punizione in arrivo per la tua fuga. Non raddoppiarla.»

Mi si capovolse lo stomaco. «Sto dicendo la verità. È solo che...» sbattei le palpebre.

«Cosa?»

«Ho guardato la manetta e ho desiderato che si allentasse. E così è stato.» Mi morsi il labbro.

«Non ha senso. Hai qualche impianto magnetico di cui non sono a conoscenza?» mi prese la mano libera, la girò per esaminare la parte inferiore del mio polso. Entrambi guardammo la mia pelle pallida e senza segni.

«Non che io sappia.» Tremai.

Strizzò gli occhi. «Quindi l'hai fatto con il controllo mentale. Davvero, Danica?»

Mi si riempirono gli occhi di lacrime ancora più ridicole. «Deve avere funzionato male.» Scossi la testa. «Che fortuna.»

«No. Nessuna fortuna» sbottò, poi addolcì la voce. «Dove pensavi di andare?»

«Nell'unico posto in cui gli esseri umani possono vivere

liberi.» Guardai dall'altra parte della stanza verso l'infermeria, dove la capsula emetteva luci rosse tenui.

Mi sbeffeggiò. «Non arriveresti mai viva nemmeno a un quarto del percorso. È impossibile, Danica. Anche noi abbiamo difficoltà ad arrivarci senza essere scoperti. Non sai come...» si interruppe. «Ti rendi conto di che fortuna è stata per te che ti abbiamo trovata prima che salissi su quella nave da trasporto?»

«Non lo sapevo. Pensavo che se fossi riuscita a salire su quella navicella...» Mi toccai lo stomaco. «È stato solo istinto. Sono stanca di essere una schiava.»

Distolse lo sguardo e il suo corpo si strinse sotto il mio. «Peccato, Danica. E disobbedirci non farà altro che peggiorare le cose, quindi ti suggerisco di obbedire in futuro.»

«Quindi mi punirete?» Lo guardai. I suoi lineamenti mi eccitavano, anche in questo momento in cui avrei dovuto provare solo paura. Forse era il modo in cui mi teneva contro il suo petto, così fermo. Forse era il modo in cui mi aveva lasciato andare quando avevo detto *ahi*. O forse era lo sguardo preoccupato nei suoi occhi. Molto probabilmente era per l'adrenalina derivante dalla fuga.

Si avvicinò finché le sue labbra quasi sfiorarono le mie. La sua voce era bassa e i suoi occhi lampeggiarono. «Sì. Lo faremo. E non ti piacerà per niente.»

«E se dicessi semplicemente che mi dispiace?» Non riuscivo a distogliere lo sguardo dal suo.

«Oh, ti scuserai.»

«Davvero?» Espirai le parole.

Le mani sulle mie braccia si rilassarono e mi strinse i polsi con le dita forti, tenendoli delicatamente. «Ripetutamente. Implorerai pietà dalle mie ginocchia, Danica.»

Sbattei le palpebre. Sulle sue ginocchia non sembrava

troppo spaventoso. Inoltre, il suo volto bruciava di passione, non di rabbia.

«E dopo?»

«Dopo che ti avrò sculacciata? Poi Benn avrà il suo turno.» Sorrise. «Finché non saremo entrambi pienamente... soddisfatti del fatto che tu sia stata completamente e suffi- cientemente disciplinata.»

Tremai, ma era più per l'eccitazione che per altro.

Mi fece scorrere un dito lungo la guancia. «Non preoccu- parti. Imparerai abbastanza bene la lezione.» Mi fece un sorriso malizioso. «E ci godremo ogni secondo del tempo che impegneremo a dartela, *kazo*.»

Il mio corpo traditore pulsava di desiderio. Non sapevo perché le sue minacce mi eccitassero.

«Forse c'è un modo migliore per insegnarmi la lezione» suggerii a voce bassa. Le nostre labbra si stavano pratica- mente toccando.

Sorrise. «No, una sculacciata di solito è la cosa migliore.» Poi mi sfiorò le labbra con le sue, così dolcemente che sembrò quasi aria. Ma prima che potessi ricambiare il bacio, la capsula medica emise un nuovo segnale acustico, più forte, aggressivo.

Entrò in azione, facendomi scivolare dal suo grembo e alzandosi in piedi.

«Controllalo» ordinò Benn, ma Gorde si stava già muovendo.

Si affacciò nella capsula. «Sta resistendo al ricostituente.»

«Allora è un dosaggio troppo alto per lui. Aggiustalo.»

«Già fatto.» Gorde digitò rapidamente sui controlli della capsula e il segnale acustico tornò al livello precedente.

«Chi c'è lì?» Mi chinai, ancora ammanettata al muro. «Hai detto lui? È un maschio? Perché volete uno schiavo maschio?»

Nessuno dei due rispose e io tirai la manetta. «Potete liberarmi, per favore?»

Benn lasciò la console e si unì a Gorde; i due scrutarono la capsula, poi parlarono a bassa voce. Inclinai la testa finché non riuscii a sentire. Era un dono; tutto quello che dovevo fare era girare l'orecchio nella giusta direzione e potevo sentire i suoni più deboli, se mi concentravo davvero. Avevo notato che potevo farlo solo da quando... aggrottai la fronte, il disagio mi assalì.

«È più forte. Guarda le sue antenne. Sono di nuovo normali. E la trasfusione di sangue ha funzionato.»

«Quando riprenderà conoscenza?»

«Mettiamoci in contatto con il dottor Daneth. Abbiamo bisogno del suo consiglio su cosa fare dopo. *Kazo*, per fortuna ha creato questa capsula medica per le nostre missioni di salvataggio.»

«Altrimenti sarebbe morto.» Benn indicò la capsula.

Sospirai e mi appoggiai al muro. Poi guardai la manetta e mi concentrai. *Apriti. Lasciami andare.*

Non successe nulla, quindi provai di nuovo, concentrandomi di più, ma riuscii solo a farmi venire mal di testa.

Lanciai di nuovo un'occhiata agli zandiani. Cosa era successo prima? Forse la manetta aveva funzionato male proprio quando volevo andarmene... le altre opzioni davvero non avevano senso.

Benn si avvicinò e mi vide strattonare l'aggeggio. «Ti lascerò andare perché ti possa pulire, lavare, mangiare. Non puoi sopraffarci, quindi non provarci.»

«Non lo farò.» Esitai. «Mi dispiace.»

«Davvero?» Mi lanciò uno sguardo serio.

Abbassai la testa, pensando a come rispondere al meglio, ma lui si limitò a scuotere la testa, lasciandomi sola.

Dopo che mi fui pulita, medicata e vestita con un abito

ampio (a quanto pareva non si fidavano più di farmi indossare stivali e attrezzatura mimetica, anche se eravamo nel mezzo dello spazio) mi sedetti tranquillamente sulla sedia del modulo mentre Benn e Gorde parlavano. Di tanto in tanto mi guardavano e, anche se li sentivo chiaramente, ora non riuscivo a capirli dato che parlavano in zandiano. Io parlavo ocreziano, una delle lingue commerciali più comuni nella galassia, nonché la lingua utilizzata dal mio padrone. *Ex* padrone. Tremai.

Dall'altra parte della navicella, i due zandiani se ne accorsero. Gorde si accigliò e scattò qualcosa, e Benn scosse la testa. «Stai bene?» gridò, poi si avvicinò a me. Corrugò la fronte. «Ti senti ancora male?»

«No. È passato. Grazie.» Lanciai un'occhiata alla capsula.

«I tuoi polmoni stanno bene? Il tuo respiro?»

Annuii. «L'inalatore ha funzionato. Sto bene adesso. Solo un po' sottosopra per tutta l'esperienza, immagino.» Guardai di nuovo la capsula.

Seguì il mio sguardo. «Un salvataggio.» Incrociò le braccia. «Dal momento che chiaramente non smetterai di chiedere finché non te lo diremo.» Mi sembrò di vedere un minimo accenno di sorriso.

«Non uno schiavo?» Mi morsi il labbro.

«No.» La sua espressione si incupì e distolse lo sguardo. «Uno zandiano. Non andare lì. Non toccare la capsula.»

«Perché no?»

«Perché te l'ho detto io.» Si accigliò. «Per sicurezza. Sua e tua.»

«Bene.» Alzai le mani. «Ho esperienza nel medicare le ferite. Tutto qui.»

«Davvero?» Strinse gli occhi e inclinò la testa.

Un brivido freddo mi attraversò, mentre i ricordi mi affollavano la mente: Akron che si scagliava con le sue unghie simili ad artigli, pieno di rabbia, ma controllato. Sempre controllato. Colpiva dove non sarebbe stato visibile. Interno cosce. Pancia. Lasciandomi a pensare alle mie trasgressioni e a pulire il mio sangue, a fasciare correttamente le ferite sottili e profonde. Lui che mi portava dal medico per rimuovere le cicatrici con il laser, in modo da avere sempre una tela bianca.

Misi le mani sulle gambe e feci un respiro profondo. «Quella sulla tua fronte. Devi lavarla e applicare un unguento. Se unisci i lembi e applichi il nastro sulla ferita, puoi allinearla per rendere la cicatrice sottile, quasi impercettibile.» Ma quando guardai da vicino, vidi che, sebbene il sangue violaceo essiccato fosse ancora lì, mescolato con la terra, la ferita stessa sembrava più piccola.

«Guarisci così in fretta?» ero stupita. Allungai la mano per toccargli la testa e lui me lo permise. «Comunque, dovresti lavarla per evitare infezioni. Soprattutto se si chiude rapidamente.

«Abbiamo diversi kit medici.» Puntualizzò. «Ne userò uno più tardi. Sto bene.»

«Usalo adesso.» Quando inarcò le sopracciglia, alzai il mento. «Padrone. Ti prego. Posso aiutare.»

Passò un attimo, mentre lui mi guardava. «Va bene.» Alzò gli angoli della bocca. «Fallo.» Mi guardò, poi la sua mascella si colorò di un viola più intenso. «Prendo il kit.»

Quando tornò, fui sorpresa di vedere che c'erano fiale di medicine e lozioni sconosciute, cose non disponibili nel commercio intergalattico. Akron era sempre stato al top in tutto, questo gli andava riconosciuto.

«Questo è specializzato?» Sollevai un tubetto di gel trasparente.

«Creato da un essere umano, in realtà.» Sorrise. «A

Zandia. Aiuta la pelle zandiana a guarire molto più velocemente di quanto farebbe naturalmente.»

«Una schiava umana? Riescono a fare questo lavoro?»
Presi una salvietta sterile e il tubo dell'acqua; gli tamponai la
fronte. Non sussultò, ma un muscolo si contrasse nella sua
mascella.

«Te l'avevamo detto, la vita su Zandia non sarà brutta,»
disse con tono di voce serio mentre lo pulivo.

Quando strofinai l'unguento sulla ferita, vidi la sottile
linea viola iniziare a ritirarsi, come se l'acqua evaporasse. «È
fantastico.»

Annuì. «Grazie.» La sua voce si fece più morbida, mentre
ripulivo il resto.

«Non è niente. Pensavo molto peggio.»

«Sei un medico?»

«No.» Gettai i residui nel contenitore dell'inceneritore e
chiusi il kit. «Per favore, non voglio parlare del mio passato.
Padrone.» Gli lanciai uno sguardo furtivo con la coda
dell'occhio.

«Va bene, ma prima o poi ci racconterai tutto» disse, e
non riuscii a capire se fosse una promessa, una minaccia o
entrambe le cose.

CAPITOLO SEI

G *orde*

Lo ZANDIANO che avevamo salvato era ancora privo di sensi nella capsula, il bagliore del cristallo curativo illuminava dolcemente il suo viso segnato. I suoi parametri vitali erano stabili e presumevo che si sarebbe svegliato una volta a casa.

Kazo, era una fortuna che fossimo usciti da quella prigione. Che fossi riuscito a trovare Danica in tempo per scappare. Il pensiero di lasciarla sola lì mi faceva stare male. Più ci pensavo, più mi arrabbiavo. Come poteva essere stata così irresponsabile e disobbediente? Prima ero pieno di adrenalina e sollievo. Adesso ero incazzato. Praticamente furioso.

Sia Benn che io ci prendemmo del tempo per lavarci e vestirci con abiti nuovi. Fu un sollievo ripulire il sangue fetido degli ocreziani, che si era mescolato al mio sangue e al mio sudore fino a formare una melma ripugnante. Ma era stato parlare con Danica che mi aveva fatto sentire più rigenerato.

Danica. Guardai Benn e mi schiarii la voce.

Lui annuì. «Adesso può gestirlo. È il momento.»

Noi due ci avvicinammo e ci piazzammo davanti a lei. Misi le mani sui fianchi e Benn incrociò le braccia. Alzò lo sguardo e la sua espressione neutra si trasformò in trepidazione. Aveva ancora le mani sul kit medico che stava sistemando.

«Io...» iniziò, spalancando gli occhi.

«Stai per ricevere la tua meritata punizione» sentenziai. «Ora che siamo in uno spazio aereo sicuro e il nostro compagno è stabile, possiamo dedicarti la giusta quantità di tempo di cui abbiamo bisogno.»

Il suo viso assunse l'espressione risoluta e assente che aveva quando l'avevamo vista per la prima volta all'asta, e tutto in me urlò di riportarla al presente, a noi. Non mi interessava più punirla: volevo farle *sentire qualcosa*. Farle sentire noi. Che ci conoscesse. Stabilisse una connessione. E sì, non vedevo l'ora di alzare quella gonna trasparente e far diventare rosa il suo morbido culo. Ma la sua punizione non sarebbe stata un pestaggio impersonale, uno shock stick o la reclusione. Non sapevo come era stata punita in passato, ma con noi sarebbe stato diverso.

Sarebbe stata una resa dei conti intima.

Abbassai la mano e la fissai con lo sguardo. «Vieni, Danica.»

Ecco. Negli occhi le tornò quel guizzo intelligente. Non la stavo costringendo, le stavo chiedendo di rispettare la sua punizione. Esitò, poi mi prese la mano, la sua piccola, calda e delicata, nella mia. La tirai facilmente in piedi e in un secondo mi ritrovai seduto sulla piattaforma del sonno con lei sulle mie ginocchia.

Benn si sedette accanto a me. «Falla scorrere» suggerì. «La terrò ferma mentre la sculacci. Sono sicuro che cercherà di scappare prima ancora che tu possa iniziare come si deve.»

Danica emise un piccolo verso di sgomento e si irrigidì.

«Ottima idea.» La aggiustai in modo che si ritrovasse sdraiata su entrambi i nostri grembi. «Immagino che dovremmo iniziare dal suo culo nudo.»

«Ovviamente. Le schiave disobbedienti non possono permettersi il lusso di provare un riscaldamento attraverso i vestiti» concordò Benn. «È una lezione migliore se brucia fin dall'inizio.»

«Per favore. Mi dispiace, padroni.» Danica si girò per guardarci. «Non è necessario.» Avevo la sensazione che avesse imparato a dire queste cose quando era nei guai.

«Quindi ti dispiace di averci quasi fatto uccidere tutti e tre... quattro?» mi salì di nuovo la rabbia.

Lei annuì e poi si lasciò cadere sulle mie cosce, il corpo inerte, la testa di lato. Tutto quello che riuscivo a vedere era quella cascata di meravigliosi capelli chiari, morbidi e fluenti, che profumavano di fresco dopo il lavaggio.

Deglutii. «Quindi sembra che sia necessario, Danica. Per ricordarti chi comanda e per aver causato questi problemi.» Senza pensare, le afferrai una manciata di capelli e la tirai, costringendola a guardarmi.

Aveva gli occhi spalancati e sembrava incerta, ma non terrorizzata. Bene. Non la volevo pietrificata, solo rispettosa. Si leccò le labbra e subito il mio cazzo reagì. Il desiderio che sentivo mi attraversò, feroce, e avvolsi ulteriormente le dita tra le sue ciocche scintillanti. «Non sei d'accordo?» Continuai, ma con un tono più basso e sapevo che poteva sentire quanto ce l'avessi duro sotto il suo corpo dal modo in cui si dimenava e ansimava.

. . .

67

Le lasciai andare i capelli e glieli accarezzai una volta. *Kazo*, come potevano essere così morbidi? Poi le tirai su la gonna e spinsi giù le mutandine, allungandomi per fargliele scivolare lungo i polpacci e via dal corpo. «Nuda, come abbiamo deciso. E in futuro, sarai nuda per tutte le tue punizioni. E te lo dovrai ricordare. La prossima volta che ti diremo che stai per ricevere una sculacciata, ti toglierai le mutandine prima di avvicinarti alle mie ginocchia, senza che ti venga chiesto, altrimenti raddoppierò le sculacciate. È chiaro?»

«Sì, padrone» sussurrò.

«Sì, padrone, cosa?» insistetti, appoggiando una mano sulla pelle morbida.

Lei sussultò, poi si rilassò al mio tocco. Le accarezzai le natiche, concentrandomi sul punto alla base delle cosce.

«Sì, lo farò... se dici che mi sculaccerai, mi toglierò immediatamente le mutandine.»

«Non importa dove ci troviamo» insistetti. «O chi altro c'è nei paraggi. Tutto ciò che conta è la tua obbedienza.»

«Sì, padrone» sussurrò.

«Perché devi toglierle?» Mi chinai per parlarle più vicino all'orecchio. Potevo vedere il battito sul suo collo.

«Perché... le schiave cattive meritano di essere sculacciate nude» disse, con un po' di tremore nella voce. Rilassò le cosce e vidi un barlume di umidità nel mezzo. *Kazo,* era già eccitata! Una parte di me voleva dimenticare completamente la punizione e seppellirmi nella sua figa stretta. Ma poi pensai a quanto l'avessimo scampata per un pelo e rafforzai la mia determinazione.

Alzai la mano e le schiaffeggiai la natica sinistra. Ancora una volta, e ancora. Lei sussultò ed emise un piccolo *oh* di sorpresa, e il mio cazzo si indurì vedendo il rossore sulla pelle bianca. «Basta» implorò.

«Non chiedermi di smettere» la avvertii. «Perché ti sculacceremo finché non sentiremo che sei stata sufficientemente punita.»

«Se ci chiedesse di fermarci di nuovo» suggerì Benn, «potremmo dover integrare la punizione con una cinghia o una pagaia.»

«Mmm.» Le scaricai una raffica di sculacciate sul culo. «Ottima idea. Ha bisogno di imparare a prendere ciò che le viene dato e ad accettare che, in qualità di suoi padroni, noi due controlliamo il suo corpo. Sia nel piacere che nel dolore.»

Danica trattenne il respiro. «Non sarà necessario, padroni.»

«Allora controllati» suggerì Benn.

Le sculacciai l'altra natica, un po' più forte, e lei si dimenò sulle mie ginocchia.

«Oh» sussurrò.

«Oh, amore, ballerai sulle mie ginocchia prima che abbia finito» le promisi, e iniziai a sculacciare più velocemente, ogni schiaffo lasciava un segno rossastro sulla sua pelle morbida.

In poco tempo cominciò a cambiare direzione e a gemere, ma ero felice che non ci stesse chiedendo di fermarci. Sapevo che lo voleva; doveva farle parecchio male, e il culo stava diventando di una splendida tonalità di rosa intenso. Quasi rosso. La sua determinazione mi affascinava.

Ma quello che mi incuriosiva ancora di più era la sua crescente eccitazione. Feci una pausa per farle riprendere fiato, perché si stava contorcendo, agitando e ansimando sulle mie ginocchia. Senza volerlo, feci scivolare le dita tra le sue cosce e lei le aprì ancora di più per me. *Kazo*, era bagnata. Alla nostra piccola umana piaceva! Gemetti, affondando due dita nel suo stretto passaggio. Il corpo caldo e bagnato quasi mi distrusse. Tutto ciò a cui riuscivo a pensare era gettarla sulle coperte e iniziare con la lingua, assaggiando quel miele prima di scoparla forte e veloce. Ma prima doveva imparare la lezione.

«È il tuo turno» dissi seccamente a Benn. «L'ho riscaldata. Ora puoi iniziare la punizione ufficiale.»

Benn ed io sapevamo bene che questo era stato molto più di un riscaldamento... ma Danica no. E avrebbe potuto farle bene preoccuparsi, per far sì che rispettasse la nostra autorità.

«Sono felice di subentrare» disse Benn tranquillamente, e girammo Danica in modo che fosse rivolta dall'altra parte, con i fianchi ora sulle ginocchia di Benn. «È di una deliziosa tonalità di rosso, Gorde. Ben fatto.»

Le afferrai i capelli con entrambe le mani. «Puniscila per bene. Falla pentire di essere scappata e di aver disobbedito.»

Si inarcò sui nostri corpi, emettendo un sospiro.

«Ovviamente.» Benn le diede uno schiaffo forte, su entrambe le natiche, e lei gemette, un verso che era più di piacere che di dolore.

La feci scivolare da una parte e mi alzai di colpo. «Io guarderò.» Incrociai le braccia, il cazzo mi premeva contro i pantaloni. Danica girò la testa, le labbra socchiuse, gli occhi selvaggi. Mi lanciò un'occhiata e quando i nostri occhi si incontrarono, qualcosa tra noi scintillò, feroce e audace.

«Mi assicurerò di offrire un bello spettacolo.» Benn la sculacciò ancora, deliberatamente, e ancora. E ancora.

«Vi prego.» La sua voce era rauca per il bisogno. «Padroni.»

«Ricorda, non puoi chiederci di fermarci.» Benn le diede di nuovo uno schiaffo, proprio sul punto in cui si sedeva. Forte.

Lei urlò ma premette i fianchi sul suo grembo e mosse le cosce irrequieta. «Io... voglio...»

«Cosa vuoi, piccola umana?» la sculacciò ancora.

«Vi prego» sussurrò, chiudendo gli occhi. Teneva i pugni stretti. Il culo era di un rosso meraviglioso, caldo e chiazzato dai nostri segni, e il profumo della sua eccitazione era ancora più forte di prima.

~

DANICA

LE SCULACCIATE BRUCIAVANO, ma come la prima volta che mi avevano punita, mi eccitavano anche. Speravo che facessero di nuovo l'amore con me, e presto, perché il mio culo non ne poteva più.

«Benn» lo supplicai, temendo di chiedergli di smettere, perché mi erano sembrati seri quando avevano minacciato di raddoppiare la punizione.

«Dovrebbe far male» disse, a voce bassa. «E non abbiamo finito. Penso che per essere sicuri che tu non dimentichi questa lezione per qualche giorno, dobbiamo darti qualche colpo con il bastone.»

Un brivido di paura mi percorse la schiena e mi irrigidii. «Il bastone?»

«Gorde?» Benn fece una pausa per accarezzarmi la pelle calda. «Lo porti, per favore?»

«Con piacere.» La voce di Gorde era dura. Lo sentii aprire un armadietto e passarono di pochi istanti prima che ritornasse.

Si alzò in modo che io potessi vederlo, e spalancai gli occhi scorgendo il sottile e flessuoso strumento che aveva in mano. Sembrava... importante. Lungo, spesso quanto il mio mignolo e lucido.

Cercai di alzarmi, ma Benn mi tenne saldamente in grembo. «No» ammonì.

Sicuramente non lo volevo il bastone. Tremai.

«Mi dispiace. Dico davvero.» In preda al panico, tirai di nuovo le braccia di Benn. «Mi ferirai se lo usi.» Il cuore mi batteva forte e andai nel panico.

Fece una breve risata e mi strinse la natica. «Prometto che non lo faremo. Oh, farà male. Ti lascerà dei segni per qualche giorno. Ma il dottor Daneth, il medico reale, ha stabilito che una buona, dura fustigazione non provoca danni permanenti agli esseri umani che sono stati cattivi. L'ha usato anche sulla sua compagna quando era incinta. Quindi puoi certamente sopportare cinque colpi forti, Danica.»

Rimasi di sasso. «Lo ha fatto davvero?» Feci un respiro profondo. Poi mi rilassai.

«Come la posizioniamo?» Benn mi strofinò la mano sulla pelle, descrivendo piccoli cerchi. Anche se ero dolorante, era eccitante e mi spinsi contro la sua mano, desiderandone il tocco.

«Falla appoggiare alla piattaforma del sonno» ordinò Gorde. «Gambe belle larghe. Se si oppone o si lamenta, non conteremo quel colpo.»

«Bene.» Benn mi rimise in piedi. «Hai sentito?»

Abbassai la testa, ma istintivamente mi toccai dietro.

Mi prese le mani. «Ho detto che potevi strofinarlo?»

«Non hai detto che non potevo.» Non sapevo come mi era venuto, ma probabilmente gli piacque, perché ringhiò un po' e il suo cazzo, se possibile, divenne ancora più duro sotto i pantaloni.

«Dovresti presumerlo.» Mi trafisse con il suo sguardo, ma lo addolcì con un sorriso. «Perché l'obbedienza durante una punizione viene premiata. Ricordatelo.»

Deglutii, ipnotizzata dai suoi occhi scuri. «Lo farò.»

«Allora fai quello che ti ha detto Gorde e chinati sul letto. Bella posizione ampia così possiamo vedere quella bella figa mentre ti puniamo.»

Feci un respiro profondo. «Io…»

«Obbedirai. Se indugi, aggiungeremo colpi. È questo quello che vuoi?» Alzò un sopracciglio.

«No.» Mi chinai sulla piattaforma del sonno, sentendo il tessuto morbido contro il mio seno. Avevo i capezzoli duri e il tocco del tessuto era eccitante. Mi spinse l'interno del piede con il suo e io allargai le gambe, sentendo l'aria fresca sfiorarmi la pelle imperlata. Avrei voluto che fossero le sue dita. La sua lingua. Mi spostai contro la struttura e gemetti.

«Piccola schiava cattiva» disse Benn, con tono ironico. «Guardati, tutta bagnata per le tue sculacciate. Questa parte però non sarà così bella.» Si schiarì la gola e il suo tono si fece deciso. «Rimarrai ferma per il bastone. Non ti è consentito allungare le mani indietro, scalciare, spostarti dalla posizione. Se lo fai, ti guadagnerai un altro colpo e continueremo a rifarlo. Gorde e io abbiamo tutto il tempo del mondo per punire il tuo bel culetto, quindi non preoccuparti di disturbarci.»

Il mio corpo era pieno di adrenalina. «Ti prego.» Non sapevo cosa volessi.

«Vuoi iniziare? Certamente.» Si avvicinò e prese il bastone da Gorde. Quando lo fece roteare in aria, stando in piedi in modo che io potessi vedere chiaramente, sussultai.

«Senti?» Lo fece di nuovo. «Sembra potente. Preparati.»

Strinsi le natiche.

«No. Rilassa i muscoli.» Mi toccò il culo. «Bello e morbido per me, Danica. Non farmi aspettare troppo.»

Mi costrinsi a sbloccarmi.

«Bene. È una punizione migliore così» spiegò, facendo scorrere le dita sulle mie natiche. Mi aspettavo che iniziasse a punirmi, ma continuò ad accarezzarmi, ancora e ancora, finché non mi rilassai sotto al suo tocco. Quando si avvicinò alla mia fessura, mi dimenai, cercando di attirarlo più vicino. Era quasi dove lo volevo, avevo bisogno di lui. Respiravo più forte adesso.

«Benn...» mormorai.

«Mmm?» Abbassò le dita.

«Ti prego, toccami.»

«Ti sto toccando.» Stava sorridendo. Lo sentivo nella sua voce.

«Di più.»

«Oh, ma tesoro, prima devi essere fustigata» mormorò, accarezzandomi l'interno delle cosce. «E considerati fortunata...» mi toccò i punti in cui mi sedevo, poi la parte posteriore delle cosce «...che te ne diamo solo cinque, e tutte sul culo. Le umane davvero cattive ne prendono una dozzina sul culo e un'altra dozzina anche sulle cosce.»

Inspirai. «Ti prego.»

«Assicurati che siano belli forti» mi incoraggiò Gorde. «Voglio che li senta per tutta la settimana quando si siede, come un ricordo di quello che ha fatto.»

«Consideralo fatto.»

Benn mi toccò la schiena, poi fece scorrere le dita, finendo sul collo. Mi scostò i capelli, con le dita leggere, poi si schiarì la voce. «Gorde. Puoi tenerla per il primo colpo, per favore? Non è abituata al dolore e potrebbe avere bisogno di addestramento per imparare a rimanere ferma.»

Gorde mi mise una mano forte sul collo, l'altra sulla schiena. Le sue mani erano calde e chiusi gli occhi al tocco. Anche sapendo che mi avrebbero bastonata, ero eccitata. Li volevo entrambi. Ora.

Lo percepii prima di sentirlo, il sibilo aspro dell'aria. Poi sentii l'impatto. E poi... «Madre Terra!» Gemetti e mi girai, sollevando un tallone, cercando di alzarmi. Il colpo era terribile, puro fuoco sul mio culo.

Gorde premette i palmi delle mani sul mio corpo, senza farmi male, ma trattenendomi. Non permettendomi di lasciare la mia posizione. «Stai ferma» mi ammonì.

«Ahi, ahi. Fa male.» Le lacrime mi pizzicarono le palpebre e provai a tirarmi indietro, ma lui mi afferrò le mani.

«Danica, ho detto che potevi toccarti?»

«No, padrone, ma *ahi*. Ne ho bisogno.»

«Quello di cui hai bisogno» – mi accarezzò i capelli – «è accettare tutto questo. Benn, è pronta. Vai avanti.»

«Ovviamente.» Sentii un sorriso nella voce di Benn, e poi il fuoco scoppiò di nuovo, una nuova striscia appena sotto la prima.

Meno male che ero sdraiata su questa piattaforma del sonno, perché il dolore mi fece indebolire le ginocchia. «È troppo!» gridai, torcendo i fianchi.

«Non è nemmeno stato troppo forte» disse Gorde. «Ancora.»

Il bastone colpì una volta, poi una seconda volta, e mi ritrovai a tirare su col naso e piagnucolare, muovendo i fianchi.

«L'ultimo» disse Benn, con una voce sorprendentemente dolce. «Stai andando bene, Danica. Solo un altro. Prima che te lo dia, dicci perché abbiamo dovuto bastonarti, per favore.»

«Io-io...» trattenni il respiro.

Gorde mi passò le mani sul sedere, facendomi sibilare senza fiato. «Ahi!»

Mi diede uno schiaffo sul sedere una volta, non troppo forte, ma mi bruciò da impazzire sopra ai colpi di bastone. «Danica, è meglio che ci fai sentire il pentimento nella tua voce o prenderò quel bastone e ricomincerò la punizione.» La sua voce era abbastanza dura da farmici credere.

«Mi dispiace! Non volevo causare pericolo. Ho solo reagito, va bene? È stato istintivo. Volevo arrivare a Jesel. Non pensavo alle ripercussioni o a quanto fosse sensato il mio piano... o… no. Non è stata una decisione logica. Veniva... dal cuore.» Abbassai la voce e le lacrime iniziarono a cadere.

«Va bene.» Benn fece un passo indietro. «L'ultimo sarà più duro degli altri. Ringrazierai entrambi per la punizione. Non voglio sentire altro se non questo, altrimenti ti darò un extra. È chiaro?»

«Sì.» Soffocai un singhiozzo.

Lui fece un passo indietro e il sibilo del bastone fu più forte di prima, e quando mi colpì, gridai per il bruciore istantaneo. Era molto peggio degli altri e mi resi conto di quanto si stesse trattenendo; di quanta potenza avesse nel braccio. Ma allo stesso tempo, il bisogno invase il mio corpo, rendendomi più bagnata di prima. Strinsi le cosce.

Gemetti, più per desiderio che altro a questo punto, ma ricordai cosa avrei dovuto fare. Riuscii a tirare fuori le parole. «Grazie, padron Benn, padron Gorde, per avermi punita. Mi dispiace!» Strinsi i muscoli della figa. «Vi prego.»

«Bene.» La voce di Benn era tranquilla. «Proverai a scappare di nuovo, Danica?»

«No! Vi prego, fa male.» Mi girai, cercando invano di allungarmi indietro di nuovo, anche se sapevo che se Gorde mi avesse lasciato davvero le mani, sarei andata dritta al clitoride. Era quello che richiedeva attenzione in questo momento.

Benn lasciò cadere il bastone; Lo sentii sbattere sul pavimento. Si sedette accanto a me e mi accarezzò la spalla. «Perché non devi scappare?»

«Perché vi ho messi in pericolo. Vi ho quasi fatti uccidere. Non lo farò più.» Spinsi i fianchi verso l'alto. Sentii

Benn trattenere il fiato e sorridermi. Adesso mi avrebbero scopata, lo sapevo.

«No.» La voce di Gorde era più dura che mai. «Non è questo il motivo.» Mi lasciò andare il collo e mi girai immediatamente a guardarlo. Anche se riuscivo a vedere la sua eccitazione dal rigonfiamento dei pantaloni, la sua voce era tesa. «Danica, non riguarda solo noi. Ma te. Non lo capisci? Sai cosa avrebbe potuto fare quell'addetto ai trasporti? Saresti tornata all'asta in un batter d'occhio, e probabilmente in un ambiente molto più disgustoso e depravato. Quegli operatori delle navette sono famosi per...» scosse la testa «per cose indicibili. Devi badare a te stessa.» Mi tolse l'altra mano dalla schiena.

«È quello che stavo cercando di fare!» Faticai ad alzarmi, senza nemmeno preoccuparmi del fatto che la mia argomentazione stesse in un certo senso negando le mie scuse.

«Non otterrai mai esattamente quello che vuoi, in questa vita» sbottò, stringendo il pugno. «È ora che tu cresca e impari a cogliere la migliore opportunità disponibile. Non sprecare ciò che la vita ti offre, Danica. Noi... questo?» Agitò una mano. «Questa è la miglior *kazo* di possibilità che hai in questo momento. Non dimenticarlo.»

«Mi dispiace» sussurrai, guardando Gorde. Potevo vedere quanto mi desiderava: il suo cazzo, delineato contro i pantaloni da volo, era duro e grosso. Ma era arrabbiato con me, più di Benn. E questo faceva più male del bastone.

Mi vennero le lacrime agli occhi vedendo l'espressione del suo volto, tanta delusione e rabbia. Lo vide, si girò dall'altra parte, e questo fece scattare un interruttore dentro di me, e all'improvviso mi ritrovai a singhiozzare.

Benn rispose immediatamente. «Danica?» Mi fece sedere

per scrutarmi in faccia. Lanciò un'occhiata al suo amico. «Gorde.»

«Non posso farlo adesso. Prenditi cura di lei.» Gorde imprecò sottovoce, qualcosa in zandiano, e si allontanò a grandi passi, verso la console di volo. Si sedette su un sedile e vidi le sue spalle tese, anche dall'altra parte della stanza.

Benn mi prese tra le braccia e si sedette, mettendomi sulle sue ginocchia. «Si calmerà» mi sussurrò all'orecchio. «Dagli tempo.» Mi leccò il collo. «Nel frattempo ti aiuterò... a riprenderti.»

Il tocco delle sue labbra sulla mia pelle fu un colpo istantaneo di puro desiderio, e mi dimenai sulle sue cosce dure come la roccia, mentre il tessuto dei suoi vestiti mi graffiava il sedere dolorante.

«FA MALE?» mormorò abbassandosi. «Alzati.» Afferrò una natica e, anche se piagnucolai al tocco, divenne calmante in pochi secondi. «Posso farti sentire meglio adesso, Danica.» Mi morse il collo, prima dolcemente, poi ancora, più forte. «Se me lo chiedi, te lo darò.»

«Che cosa... mi darai esattamente?» Chiusi gli occhi e appoggiai la testa all'indietro, esponendo il collo. Il mio battito accelerò.

«Tutto» disse semplicemente, e al tono della sua voce, aprii gli occhi per studiare il suo viso. Non stava sorridendo, non stava scherzando. Mi guardò a lungo, come se stesse scoprendo qualcosa per la prima volta. «Tutto» ripeté, e un lento sorriso si allargò sul suo viso. «Questo ti farà gemere di piacere. Hai accettato la punizione da brava, Danica. E le brave ragazze vengono premiate.»

«Mi piacciono le ricompense» espirai.

Lui spostò la mano da sotto la mia natica e mi accarezzò

le cosce. «Aprile per me» chiese, con voce ferma e allo stesso tempo sexy. «Penso che la fustigazione ti abbia fatto bagnare, e ho intenzione di scoprirlo.»

Premette di nuovo le labbra sul mio orecchio. «Anche se non ho bisogno di toccarla per esserne sicuro. Potevo sentire l'odore della tua eccitazione, Danica, e vederla mentre ti punivo. Ma dovevo finire, *kazo*.»

«La prossima volta, sentiti libero di fermarti prima» dissi immediatamente, poi aggiunsi: «Voglio dire, non la prossima volta. Non ci sarà una prossima volta.»

«Oh, non ci sarà?» sussurrò, appoggiando un dito sul mio nucleo, premendo la pelle lentamente. «Ne sei sicura?»

Sussultai e spinsi i fianchi in avanti, incoraggiando la sua esplorazione. «Mmm... non voglio essere bastonata di nuovo, mai più.»

«Non so se è del tutto giusto.» Aggiunse un secondo dito e lo premette dentro di me, più in profondità. «Perché guarda questa *kazo* di figa, Danica. Una figa non si bagna così a meno che a una piccola schiava umana non piaccia quello che abbiamo fatto.»

«L'ho odiato» mormorai, chiudendo di nuovo gli occhi. Anche io potevo sentire l'odore della sua eccitazione, del sudore e del bisogno sul suo corpo, ed era inebriante. Aprii le labbra, le leccai, lo volevo nella mia bocca: la sua lingua, il suo cazzo. Tutto quello che potevo ottenere.

«Temo che potrebbe essere una bugia.» Aggiustò la mano per accarezzarmi il clitoride. «E sai come affrontiamo la situazione da queste parti, vero?»

«Temo di no.» Le sue dita erano magiche. Mi stavo già avvicinando all'orlo dell'orgasmo, solo grazie alla sua voce, alle sue dita, alla sua dominanza.

«Ci occuperemo della cosa», mi lanciò all'improvviso dalle sue ginocchia alla piattaforma del sonno «come preferiamo, Danica. In qualunque *kazo* di modo vogliamo. È chiaro?»

«Sì padrone. Per favore.» Ero a pancia in giù e mi girai per guardarlo mentre si spogliava, rivelando il suo torso forte e muscoloso. Quel cazzo lungo e duro, palpitante di bisogno, che quasi gli toccava lo stomaco.

«*Kazo*, mi piace sentire che mi chiami *padrone*» ringhiò. «Mettiti sulle mani e sulle ginocchia, Danica. Ti prenderò da dietro, forte. Le schiave cattive vengono *scopate* duramente dopo essere state bastonate, è chiaro?»

«Sì padrone.» Non mi interessava come lo avrebbe fatto, purché potessi sentirlo dentro di me in questo momento. Sarei morta se non avessi raggiunto l'orgasmo presto.

«I tuoi orgasmi sono miei. Nostri. Non verrai mai senza permesso» sbottò, mettendosi dietro di me. Mi accarezzò il sedere dolorante e io gemetti una volta, poi premetti contro le sue mani, il suo tocco mi infiammava. «Hai capito?»

«Sì, padron Benn.» Allargai ancora di più le cosce. «e tu lo capisci questo?» Mi guardai alle spalle. «Sarei felice di spiegartelo se necessario.»

Mi diede uno schiaffo sul culo, non troppo forte, ma una bella sculacciata. «Non prendermi in giro, umana.» Sorrise. «Torna in posizione e preparati con entrambe le braccia. Sarai felice di averlo fatto, una volta che avrò iniziato.» Alzò un sopracciglio. «E se fai la brava, potrei anche lasciarti venire.»

Gemetti. «Ma hai detto…»

«A volte cambio idea» scherzò. «E come tuo padrone, dipende dalla mia discrezione. E sì, lo capisco... *questo*.» Fece scorrere le dita lungo la mia fessura, dal clitoride all'ano. «Discretamente. Sei pronta a farti scopare?»

«Sì, grazie.» Alzai i fianchi, fuori di me.

Premette contro di me e sentii il suo cazzo, duro come l'acciaio, che spingeva contro la fessura del mio culo. Si allungò sotto il mio corpo per accarezzarmi il seno, pizzicandomi i capezzoli, stringendoli. «Al tuo seno piace questo tipo di attenzioni?»

«Sì.» Chiusi gli occhi e mi godetti la sensazione. «Sì.»

Pompò il suo corpo contro il mio, stuzzicandomi con il cazzo mentre giocherellava con le mie tette. «Bene. Mi assicurerò di ricordarmelo.» Le sue dita magiche mi stuzzicarono finché ogni stretta, ogni pizzicotto non mi provocò un dolore corrispondente nella figa.

«Benn!» gridai.

«Tu lo vuoi?» Mi strinse le tette un'ultima volta, poi le lasciò andare e infine sistemò il suo cazzo in modo che fosse davanti alla mia entrata.

«Ti prego.» Mossi il culo.

«Il tuo desiderio è un ordine, allora.» Si spinse avanti. Era più grosso di quanto ricordassi, ma ero così bagnata che non fece male per niente, anche quando si assestò completamente. Quando iniziò a muoversi, sussultai di piacere. La prima volta con loro due non era stata solo un colpo di fortuna. Il sesso con i miei zandiani era fenomenale, qualcosa che non avevo mai creduto possibile.

Non sapevo perché ora fosse così diverso e, in questo momento, quasi non mi interessava. Mi persi nella sensazione, fottendolo di rimando, spingendo con i fianchi per incontrare le sue spinte, appoggiandomi al letto con entrambe le braccia.

Mi afferrò i fianchi e mi tirò, e io gridai alla sensazione.

«Ti piace essere scopata?» ringhiò. «Ti piace il mio cazzo zandiano dentro di te, Danica?»

«Sì!» Non riuscivo a pensare. Tutto quello che potevo fare era muovermi, i miei movimenti divennero frenetici man mano che l'orgasmo si avvicinava. «Sto venendo. Voglio venire.»

«Chiedi il permesso» sbottò, e mi schiaffeggiò forte il culo, ancora e ancora.

«Lasciami venire, padron Benn? Lasciami venire» lo esortai. E sebbene fosse più una richiesta che una preghiera, ringhiò il suo permesso.

«Vieni, amore. Vieni per me. Proprio adesso.»

Gridai e mi lasciai andare, permettendomi di ribaltarmi nel precipizio della più incredibile esplosione di passione, qualcosa che iniziò nel mio clitoride e riempì il mio intero grembo, e poi tutto il corpo. Mentre mi perdevo tra le onde che arrivavano e continuano ad arrivare, mi resi conto che anche lui gridò e venne. Si irrigidì e sentii calore mentre mi veniva dentro. La sensazione mi spinse a un altro orgasmo, ancora più forte del primo, e gridai, i colori lampeggiarono mentre tutto il mio corpo era immerso nella pura beatitudine.

CAPITOLO SETTE

D*anica*

QUANDO TORNAI IN ME, mi ritrovai distesa sulla piattaforma del sonno. Benn si chinò su di me. «Stai bene?» Mi baciò i capelli, il collo.

«Sì.» Mi allungai e sussultai mentre muovevo il sedere sul tessuto.

Aggrottò la fronte e gesticolò; aveva in mano un tubetto di qualcosa. «Rotola così posso mettere questo olio lenitivo sulla tua pelle. Eliminerà parte del bruciore.»

«Non tutto?» Lo accontentai. Il fatto di mostrargli il culo suscitò nuovo desiderio.

Lui rise. «Allora a cosa sarebbe servita la sculacciata? Hai bisogno che qualcuno ti ricordi il motivo per cui ti è stata imposta la disciplina, Danica.» Le sue mani erano forti e delicate sulla mia pelle, però, mentre massaggiava il fluido scivoloso sul mio culo riscaldato. Ebbe un effetto immediato, calmando il dolore fino a quando rimase solo un caldo bruciore. Quel tanto che bastava per farmi desiderare di nuovo di averlo.

«Ma non troppo.» Lui rise, poi si chinò per baciarmi il collo. «Dopo tutto, come possiamo volere che un culo così carino rimanga dolorante per troppo tempo? Hmm?»

Mi vennero le lacrime agli occhi e, con mia sorpresa, un singhiozzo mi sfuggì dalla gola.

«Non dovrebbe far male.» Si sporse in avanti. «Ti brucia in qualche modo?» Se non aiuta, posso provare un'altra lozione...»

«No. Sto bene.» Mi schiarii la gola. «Ah... voglio dire, non sono abituata ad avere qualcuno che si prenda cura di me in questo modo.» Mi asciugai gli occhi. «Grazie.»

Gorde parlò dall'altra parte della stanza. «Gli zandiani si prendono sempre cura di ciò che è loro.» La sua voce era dura. «Non dimenticarlo. Non siamo come le altre specie.»

La mano di Benn era ancora sulla mia pelle. Si irrigidì. «Hai ragione.» Sospirò. «E a proposito di ciò che è nostro... Danica, dobbiamo dirti una cosa.»

Mi sedetti. «Che cosa?»

Guardò dall'altra parte della stanza e incrociò le braccia. «Non siamo stati del tutto onesti con te prima.» Un tendine si contrasse nel collo.

«Riguardo a cosa?» Lo guardai sbattendo le palpebre. «Riguarda l'essere che hai salvato?» Lanciai un'occhiata alla capsula medica, che ora lampeggiava di una luce verde e una rossa.

«Che cosa? No.» Sembrava confuso, poi scosse la testa. Si alzò. «Riguarda te.»

Mi accigliai. «Non capisco.»

«Allora, lasciami spiegare.» Benn fece un respiro profondo. «Quello che non ti abbiamo detto prima è che gli umani su Zandia non sono schiavi. Non abbiamo il diritto di prenderti come schiava.»

«Aspettate, cosa?» Balzai in piedi. Il cuore mi palpitava e mi afferrai alla coperta di seta sulla piattaforma del letto, lottando con essa, avvolgendola intorno a me, goffa. «Quindi per tutto il tempo che mi avete trattenuta, in realtà ero... libera?»

«Beh, libera... non proprio. Non secondo gli accordi galattici. Fece un passo avanti e allungò la mano per toccare il mio codice a barre, poi la ritrasse quando sussultai. «Ma la legge zandiana dice che le femmine umane sono benvenute sul nostro pianeta e possono restarci. Ma non come schiave. Come compagne.»

«Come?» mi tremava la voce.

«Sono sostenute da uno o più zandiani, che le rivendicano come compagne per avere figli. Per aiutare a ricostruire il pianeta. Le donne umane sono partner perfette per accoppiarsi con gli zandiani per portare avanti il nostro DNA. Entrambi i nostri DNA.» Alzò la voce per l'eccitazione. «Non abbiamo abbastanza femmine zandiane, quindi abbiamo bisogno delle umane.»

«Ma cosa… fanno? A parte... la procreazione?» Tremavo e mi avvolsi le braccia attorno mentre affondavo per sedermi sul letto.

Inclinò la testa. «Quello che vogliono, purché sostengano Zandia. C'è un'umana che si occupa di medicina. Un'altra è… beh, ha iniziato con esperienza nell'agricoltura, ma ora è una delle nostre migliori chimiche. Lavora con il dottor Daneth. Un'altra è una meccanica. Qualunque siano le tue capacità, possiamo trovare qualcosa che funzioni.» Mi guardò sbattendo le palpebre. I suoi occhi, spalancati e scuri, erano illeggibili. «È una bella vita, Danica. Verrai accoppiata con gli zandiani che ti corrispondono. Avrai delle scelte sul pianeta. E se accetti un sostenitore zandiano e i termini, vivrai lì al sicuro e noi ti proteggeremo, per sempre.»

«Ma» non riuscivo a superare questa cosa «non avevate il diritto di prendermi. Di dirmi che ero vostra schiava.» Alzai la voce. «Mi avete impedito di andarmene quando non ne avevate il diritto.» Ovviamente non avrei ricevuto un trattamento migliore da nessun altro essere nella galassia, ma la cosa mi colpiva comunque.

Benn si sedette accanto a me e, dopo qualche secondo, mi mise un braccio intorno alle spalle. Esitante. Con una leggera pressione. «Danica, quello che abbiamo fatto non era del tutto giusto. Ma era solo per la tua protezione. Sicuramente hai visto quanto sarebbe stato pericoloso per te da sola su quel pianeta? Davvero, non c'è modo di sopravvivere a Jesel, da sola. Verresti uccisa.»

La sua voce era piena di convinzione, ma non mi interessava. «Non puoi saperlo! Era mio diritto provarci, se volevo. Me lo avete impedito. Avete mentito.»

«Scusa tanto se non volevo vederli mentre ti tagliavano la *kazo* di gola proprio lì» sbottò Gorde. «Oppure mentre ti trascinavano in prigione.»

Feci uno scatto con la testa: adesso era davanti a me, con gli occhi fiammeggianti. «Siamo appena usciti dalla prigione che gli ocreziani avrebbero usato per rinchiuderti. Tu non...» strinse il pugno, si voltò dall'altra parte per un secondo «non ne hai idea. Mentendoti, costringendoti a restare con noi...ti abbiamo salvato la vita.»

Mi morsi il labbro. «Non so cosa dire.» La rabbia scomparve con la stessa rapidità con cui era arrivata e tutto sembrò immediatamente chiaro. Sapevo come erano gli ocreziani. E sebbene gli schiavi parlassero della navetta passeggeri, la verità era che c'erano anche voci su quanto fosse pericolosa.

«Dimmi che ci perdoni» disse Benn a bassa voce. «Vieni a Zandia, Danica.»

Lo volevo. Madre Terra, quanto avrei voluto andare con questi due maschi, ora che sapevo cosa veniva offerto alle donne umane. E poiché non avevo modo di andare a Jesel, questa avrebbe potuto essere la mia ultima e unica opzione.

Mi toccai una volta l'addome e una strana tristezza si attorcigliò nella mia anima. Se fossero venuti a conoscenza del mio passato, l'espressione sui loro volti sarebbe cambiata da passione protettiva a rabbia e disgusto. Forse anche rabbia omicida. Ma in questo momento era la mia unica opzione praticabile.

Dovevo correre il rischio.

«Sì.» Feci un respiro profondo e finsi che sarebbe andato tutto bene. «Sì, vi perdono. Per favore, portatemi a Zandia.»

~

Benn

Quando Danica mi guardò negli occhi e mi chiese di portarla a Zandia, mi sorprese un'ondata di sollievo. Prima di tutto, la conoscevo a malapena e, a differenza di Gorde, non avevo avuto alcun tipo di connessione mentale immediata con la piccola umana. Certo, era fantastica. Ma facevo fatica a rinunciare alla mia fantasia di trovare una femmina zandiana. Ero certo di sentire solo un legame temporaneo con lei a causa del sesso. Il dottor Daneth diceva che gli esseri umani avevano ormoni potenti che potevano influenzare le emozioni zandiane, ma non mi sarei lasciato condizionare. Il sollievo che provavo probabilmente era causato solo dal fatto di sapere che era la cosa giusta da fare.

Mi schiarii la gola. «Arriveremo tra poche ore. Avvertirò re Zander che...»

Una frenesia di rumori provenienti dalla capsula medica mi interruppe, e tutti guardammo oltre mentre il coperchio si apriva con un sibilo pneumatico, tutte le luci lampeggiavano in verde.

«È sveglio.» Gorde si avvicinò di corsa mentre il nostro compagno zandiano si sedeva lentamente e sussultava. Strizzò gli occhi mentre cercava di guardarsi intorno alla capsula, con lo sguardo vuoto, senza capire.

«È ancora piuttosto malconcio, ma il flusso di luce cristallina ha fatto un lavoro straordinario curando lividi e tagli» mormorai. Sembrava di nuovo quasi intero.

«Dove sono?» La sua voce, bassa e risonante, attraversò la stanza. «Chi siete?» Aggrottò la fronte, poi alzò la mano per toccarsi le antenne. «Ero in prigione.» Si guardò le braccia, sollevò il sinistro. «Questo era rotto. Non riuscivo a guarire. Ma ora va meglio.» Guardò la capsula medica. «Ci sono dei cristalli qui?»

«Sì. Ti abbiamo salvato.» Gorde annuì. «Lui è Benn. Io sono Gorde. Siamo di Zandia.

Lo zandiano sbatté le palpebre. «Zandia non esiste più.» Tossì. I suoi occhi sfrecciarono intorno nella navicella, poi tornarono al cristallo, e una strana sensazione mi agitò lo stomaco. C'era qualcosa di strano in lui, ma non riuscivo a capire cosa.

«Ce lo siamo ripreso.» Gorde incrociò le braccia. «È di nuovo un regno sovrano. Siamo venuti per riportarti a casa.»

«Casa?» la voce dello zandiano si incrinò. Uscì dalla capsula, prima con una gamba, tremante. Poi l'altra. Si guardò intorno, girando la testa. «Questa navicella. Zandia non ha mai avuto questo tipo di tecnologia.»

«Abbiamo molte cose nuove.» Gorde sorrise brevemente. «Come ti chiami, fratello?»

Lo zandiano sbatté le palpebre. «Bene.» Ma non rispose. Guardò Danica e la sua espressione si trasformò in qualcosa di strano e quasi feroce.

Lei fece un respiro profondo e si avvicinò a me. Le misi il braccio sulla spalla.

«Come ti chiami,» ripetei, più forte, scandendo.

«Taxx.» Annuì. «Ma sono stato solo e in fuga per così tanto tempo che mi hanno dato un nome diverso. E mi hanno marchiato.» Fece una smorfia, si toccò il collo. «La capsula medica non ha rimosso il segno del laser?»

«Si può fare a Zandia.» Mi avvicinai, lasciando Danica dietro di me. «Perché eri in quella prigione?»

Alzò le spalle. «Non ho molta memoria in questo momento. Ho fatto scambi qua e là, dove potevo.» Lanciò un'occhiata al cristallo che brillava nell'infermeria. «Cose a caso.» Si allungò per passarci sopra il dito. «Hai idea di quanti stein valga sul libero mercato?» Alzò le sopracciglia.

«Lo sappiamo.» La voce di Gorde fu brusca. «Ogni essere lo sa. Ecco perché il pianeta è devastato dopo che i finn hanno minato i nostri cristalli.

«Capisco.» Taxx diede un colpetto al cristallo con l'unghia e il cristallo emise un verso, una nota alta e perfetta. «Vi ringrazio per il salvataggio.» Si sedette sul bordo della capsula medica e allungò la mano per toccare la cupola trasparente che era retratta. «Sarei morto, lì. Pensavo che sarei morto prima di poter vedere...» gli tremava la voce e si schiarì la gola, «ah, un altro zandiano.»

«Siamo onorati di riportarti a casa.» La voce di Gorde si spezzò per l'emozione. «È una benedizione trovare un altro zandiano. Il pianeta ti darà il benvenuto.»

«Lei chi è?» Taxx guardò Danica. Con interesse.

89

«Una femmina umana. Un salvataggio. La portiamo a Zandia.»

«È vostra?» Taxx si alzò. «Non sto con una femmina da molto tempo. Siete disposti a condividerla?» Strinse gli occhi scuri e si avvicinò, ma lo sguardo nei suoi occhi non era di eccitazione, ma di valutazione.

In passato avrei offerto qualsiasi cosa a un fratello appena ritrovato, compreso il mio sangue. Sicuramente la mia nuova schiava del piacere.

Ma ringhiai e misi la mano sul braccio di Danica, proprio mentre lei emetteva uno squittio.

Gorde ribatté: «Non è un giocattolo. Gli esseri umani non sono schiavi su Zandia, indipendentemente da ciò che viene accettato altrove nella galassia.»

Accanto a me, Danica emise un lungo sospiro tremante e le braccia le tremavano. *Kazo*, l'idea che fosse spaventata mi fece venir voglia di farmi avanti e proteggerla. «È sotto la nostra protezione finché non raggiungiamo Zandia. Una volta lì, scoprirà le regole da re Zander e... avrà la possibilità di scegliere i suoi compagni.» Mi si rivoltò lo stomaco.

«A meno che non la teniamo noi» aggiunse Gorde. «Come suoi soccorritori, abbiamo la priorità.» Lanciò un'occhiata a Taxx.

Non pensavo affatto che fosso vero, e non avrebbe dovuto alimentare le speranze di Danica, ma tenni a freno la lingua. Gorde sembrava aver superato la rabbia nei suoi confronti, o almeno, ora che avvertiva l'interesse di un altro zandiano, era chiaramente ansioso di rivendicare le sue pretese.

Taxx alzò le mani. «Non voglio offendervi.» I suoi occhi però indugiarono su Danica un po' troppo a lungo per i miei gusti.

Cercai di scrollarmi di dosso la sensazione di disagio. «Hai avuto una dura prova e devi riprenderti» affermai.

«Riposati. Se non hai consumato il tuo pasto settimanale, abbiamo a bordo prodotti di prima necessità zandiani e umani. Un posto dove lavarti. Vestiti puliti.»

Scosse la testa. «Ho ingerito solo robaccia per settimane. Ho bisogno di sostentamento.»

Gorde lo portò in cambusa, gli procurò del cibo e gli mostrò il tubo dell'acqua nel vano sul retro. Chiamai re Zander per fargli sapere che il nostro zandiano era sveglio e vigile.

Danica mi toccò il braccio. «Cosa gli è successo?» Era accigliata.

«Lo lasceremo mangiare. C'è tutto il tempo per ascoltare la sua storia.»

«Benn?»

«Sì?»

«Grazie.» Mi guardò con occhi spalancati e seri. «Per avermi salvata da quell'asta. Per avermi portata a Zandia. Per... tenermi al sicuro.»

La guardai per un lungo istante, in quei suoi profondi occhi azzurri, le labbra perfette. Poi mi costrinsi a distogliere lo sguardo. «Prego.» Mi schiarii la gola. «Vado a sedermi con Taxx e a conoscerlo. Perché non ti riposi un po'?»

Annuì. «Va bene. Lo farò.»

CAPITOLO OTTO

G *orde*

«CI SIAMO.» Il pannello di controllo emise un segnale acustico e il sistema di terra inviò una conferma. «Zandia.»

«Posso vedere?» Danica si alzò in piedi, con le sopracciglia alzate, e mi guardò.

Le indicai il sedile della console accanto al mio. «Siediti e potrai vedere il mio schermo. Oppure guarda fuori.»

«Bellissimo» sussurrò, con gli occhi spalancati, sporgendosi in avanti per sbirciare fuori dal vasto finestrino ricurvo. «Verde, blu e viola! Lo adoro.» Si girò verso di me. «Brilla sempre così?»

Annuii. «I cristalli lo rendono così. Riesci a sentirne l'energia?»

Ma aveva la testa inclinata, un'espressione curiosa sul viso. Era quasi come quella che aveva durante l'orgasmo, ma meno evidente. Fece un respiro profondo. «Io... è una specie di formicolio.» Si toccò il viso. «Dovrei sentirmi così?»

Mi accigliai. «La maggior parte degli umani non lo sente, almeno non all'inizio. Non credo.» Non ero un esperto. «Forse significa che sei solo più ricettiva all'energia cristallina.»

«Va tutto bene...vero?» Il suo sguardo era già tornato sul pianeta. «Sarò davvero al sicuro qui? È come un sogno. Ho paura di crederci.»

«Certo.» Volevo rassicurarla, ma ero concentrato a osservare il pilota automatico mentre atterravamo.

Benn aspettava all'altra postazione di controllo, nel caso in cui fosse stato necessario atterrare manualmente, e Taxx sedeva accanto a lui, facendo infinite domande. Per il cielo, ero certo che avesse parlato costantemente da Hectan-3 a qui, una volta pulito e nutrito. *Come funziona il sistema automatico? Come funziona il sistema di occultamento? Se la navicella deve sparare, come si caricano i missili?* Benn era stato più che felice di addestrarlo ad hoc, ma qualcosa nel suo interesse sembrava strano. Se fossi stato appena salvato, avrei voluto sapere di più su Zandia. Magari avrei voluto semplicemente rilassarmi in compagnia dei miei simili.

Danica mi guardava mentre il nostro pianeta sacro si avvicinava, riempiendo lo schermo. «Mi daranno ai... compagni... subito?»

Le mie guance si scaldarono. «È consuetudine prima acclimatarsi al pianeta e stabilirsi.» Il mio tono di voce era rigido. L'idea che lei andasse da un altro padrone, o da *altri* padroni, era inaccettabile. Ma non avevo avuto la possibilità di parlare in privato con Benn per definire i nostri piani. Avevo superato la rabbia e la volevo più che mai. Semplicemente non sapevo se anche lui si sentisse allo stesso modo.

«Capito.» Strinse le labbra e accavallò le gambe.

Avrei voluto confortarla, ma non appena la navicella atterrò, delicatamente – mentre gli zandiani ci aspettavano sulla piattaforma e la porta si apriva con un sibilo – all'improvviso Taxx prese Danica. E le puntò uno storditore alla testa.

«Questa navicella ora è mia.» La voce gli tremava, ma la sua mano era stretta sul braccio di Danica. «Voi scendete e poi la prendo io.»

«Getta l'arma!» La voce di Benn era dura. «Non so come diavolo hai fatto a tirarla fuori dal magazzino, ma buttala giù. *Subito*.» Puntava un'arma contro Taxx, con lo sguardo fiero.

«No, a meno che tu non la voglia morta,» urlò Taxx. «La ucciderò in un secondo se voi due non scendete da questa nave.»

Il panico e la rabbia aumentarono quando vidi il terrore sul volto di Danica. Stava respirando in modo affannato.

«Lasciala andare!» Ruggii, facendo un passo avanti, estraendo il mio storditore, ma mi fermai quando Taxx le puntò la pistola al collo.

«Un colpo qui la paralizzerà senza ucciderla» disse con voce piatta. La mano gli tremava ed ero convinto di aver visto del dolore nei suoi occhi.

Alzai le mani. «Non farle del male. Perché stai facendo questo?» L'adrenalina mi rese attento a ogni suono, ogni movimento.

«Scendi dalla navicella.» La mano gli tremava. «Ne ho bisogno. E ho bisogno di lei.»

«Perché ne hai bisogno? Lasciala andare e parliamo.» Feci un passo avanti.

Aveva uno sguardo selvaggio. «Pensi che diventerebbe cieca a causa di un'esplosione di livello 3? Vogliamo provare? Forse potrebbe semplicemente perdere qualche funzione nervosa. Sarebbe comunque una schiava vendibile, però. Magari anche più desiderabile, a seconda di chi compra.»

La voce gli si incrinò e la mano gli tremò di nuovo. Danica strillava e tremava, e io la guardavo negli occhi, cercando di comunicare senza parole.

«Fratello, non ti lasceremo partire con lei e questa navicella.» Il tono di Benn era calmo. «Lo sai tu e lo sappiamo anche noi. Lasciala andare e possiamo negoziare.»

La mano di Taxx vacillò e io capii che avevamo una possibilità. Ma avevo bisogno che Danica si abbassasse nello stesso istante in cui io scattavo in avanti. Se solo avesse potuto leggere la mia mente...

Taxx alzò lo sguardo e non si mosse. Era come se non potesse, o qualcosa di simile, come se fosse letteralmente trasformato in pietra. Aprì la bocca e, potevo giurarlo, era come se stesse spingendo contro una forza inamovibile. Nello stesso istante, Danica gemette e strinse i pugni, come se si stesse concentrando, e poi – per le stelle! – si abbassò.

Benn e io balzammo avanti e lo disarmammo in un secondo. Presi Danica tra le mie braccia, toccandole il viso, i capelli mentre lei sveniva, inerte. «Stai bene? Respira. Respira, tesoro, respira.» Andai nel panico finché non sussultò e spalancò gli occhi.

Al mio fianco, vidi gli zandiani precipitarsi sulla navicella e ammanettare Taxx, tirandolo in piedi.

«No!» Taxx urlò e si accasciò. Non avevo mai sentito un singhiozzo zandiano, e il suono era tanto angosciante quanto confuso. «Ne ho bisogno. Ne ho bisogno!» Sembrava completamente sconvolto.

C'erano mille altre voci, ma l'unica che volevo sentire era la sua. Benn era proprio accanto a me.

«Parlami, Danica.» Mi chinai in avanti finché la mia fronte non fu sulla sua, le mie antenne si intrecciarono con i suoi capelli. «Dimmi che stai bene. Per favore piccola.» Le afferrai il viso con entrambe le mani. «Devi stare bene. Ti prego. Ti prego.»

Benn le mise entrambe le mani sulle spalle. «Danica, siamo qui. Ci siamo noi.»

Sbatté le palpebre, poi si toccò la pancia, le labbra, il viso. Come se stesse controllando di essere ancora lì, viva. Sospirò, mi fece un piccolo sorriso e si allungò per mettere una mano sopra quella di Benn. «Sto bene.»

Lanciai un'occhiata a Benn e seppi senza esitazione che era d'accordo. Era per via dell'espressione sul suo viso: potente preoccupazione, paura e affetto.

«Danica.» Le toccai la guancia. «Vogliamo che tu sia la nostra compagna. Benn e io. Non vogliamo una femmina zandiana.»

«Siete sicuri?» La voce le tremava.

Benn mi si avvicinò. Le scostò i capelli dal collo e le diede un bacio sulla pelle esposta. «Vogliamo te.»

Trattenne il respiro e una lacrima le si forma all'angolo dell'occhio. Lo sguardo vagò da me a Benn e viceversa.

Quando Benn annuì, le strinsi la mano. «Danica?»

Si morse il labbro. «Sì. Anch'io vi voglio. Entrambi. Dico sì.»

Danica

RE ZANDER mi spaventava con il suo sguardo diretto; era come se conoscesse tutti i miei segreti. Grazie a Dio, i miei sentimenti più profondi non erano codificati nelle linee incise al laser sulla mia pelle.

«Danica.» Aveva la voce profonda e autorevole. «Accetti di prendere Gorde e Benn come tuoi compagni e di dedicarti alla ricostruzione di Zandia per voi stessi e i vostri piccoli?»

Lanciai un'occhiata agli enormi maschi accanto a me. «Sì, mio Signore. Accetto.»

«E voi?» Guardò Gorde e Benn. «Avete scelto lei?»

Entrambi espressero il loro assenso, ciascuno facendo un passo avanti. Gorde mi mise una mano sul braccio e Benn mi toccò la parte bassa della schiena.

Mi tremavano le gambe ma afferrai le loro mani nelle mie. Mani forti. Potenti. Protettive. Quanto tempo sarebbe passato prima che mi scoprissero? Fino ad allora, potevo vivere qui. Diventare più forte. Fare piani.

Ma era meglio non innamorarmi.

«Allora le darete i vostri cristalli» proclamò re Zander. «La servirete come suoi sponsor e vi prenderete cura di lei. Vi assicurerete che sia felice e soddisfatta.»

«Sì.» Gorde mi strinse la mano, con voce ferma.

Lanciai un'occhiata a Benn. Dopotutto, era lui a continuare a parlare dell'idea di avere una femmina zandiana. Ma il suo sorriso era pieno di affetto quando mi guardò, e la sua voce forte. «Sì, Danica. Sì.»

«Avrete una casa nella capitale. Simile a questa.» Re Zander toccò il suo dispositivo di comunicazione e scorse fino a una schermata. Ce lo mostrò: un domicilio elegante ed efficiente in una vasta area urbana.

Fui sorpresa che non fosse una cupola nel paese. Negli ologrammi che guardavo, vedevo le fattorie dove gli zandiani e gli umani stavano ricostruendo la terra minata.

«Gorde e Benn sono guerrieri» affermò re Zander. «Servono le missioni del trono, quindi non ha senso basare le unità in un posto diverso dalla città.»

«Come potrò rendermi utile, mio signore?» Feci un inchino. Avevo lo stomaco in subbuglio per il nervosismo.

«Valuteremo le tue capacità e ti assegneremo a un'area di tua scelta.» Zander toccò di nuovo il comunicatore e mi mostrò una foto. «Questa è Arabel. Ti raggiungerà e ti aiuterà a iniziare.» Fece una pausa. «Ovviamente, ti prenderai il tempo necessario per crescere i tuoi piccoli, quando li avrai.»

Deglutii a fatica. «I piccoli. Sì.»

Gorde diede una pacca sulla schiena a Benn. «Avviare il nucleo familiare. Ora abbiamo una missione che non vedo l'ora di portare a termine.»

I due ridacchiarono e Benn si avvicinò per baciarmi la guancia. «Mi dispiace» sussurrò. «Ma è vero. Sei irresistibile. Non vedo l'ora di vedere la tua pancia gonfiarsi con i nostri piccoli.»

Re Zander si schiarì la voce.

Feci un inchino, mantenendo la voce ferma. «Grazie.»

«Grazie, Danica» disse, con uno sguardo sincero. «Senza il tuo aiuto, Zandia non può ritrovare la forza e la bellezza di un tempo.»

CAPITOLO NOVE

D*anica*

«CASA MIA.» Feci scorrere il dito lungo la vetrata che si affacciava sulla capitale, fissando la luce calda e brillante, le nuove cupole di vetro e acciaio. Eravamo arrivati prima della rotazione del pianeta e, grazie al nostro accoppiamento, ci era stato assegnato questo incredibile domicilio.

Inclusi Gorde e Benn. «La *nostra* casa.» Arrossii. «Non posso crederci.»

Akron era ricco, ma il comfort e la ricchezza del suo palazzo non si estendevano alle sue schiave sessuali. Avevo dormito su un pagliericcio di legno senza nemmeno coperta per coprirmi. Qui, le piattaforme per dormire erano dischi ovali fluttuanti, ricoperti da morbide lenzuola. Tutto era colorato e realizzato con materiali pregiati. Mi sentivo come una regina.

Mi toccai il lobo dell'orecchio, dove mi pizzicava un cristallo. Uno dei loro cristalli.

«Non fa male?» Benn allungò una mano e mi tirò il lobo, poi mi fece scorrere la mano lungo il braccio. «Qui... o qui?» Fece scivolare la mano sotto la mia ampia maglietta zandiana e mi palpeggiò il seno, picchiettando i capezzoli.

Feci un respiro profondo, mentre l'eccitazione mi attraversava. «Mi fa stare bene.»

«Sarà ancora meglio» promise Gorde, e abbassò la voce per parlarmi all'orecchio, «Quando ti scoperemo. Nel momento culminante, i cristalli aggiungeranno ulteriore... stimolo.»

«Mmm.» Chiusi gli occhi mentre Gorde si abbassava per afferrarmi il sedere attraverso la gonna fluida, poi la fece scivolare lungo il mio corpo. Mi tirò giù le mutandine. Lo aiutai sfilandole. «Sembra intrigante.»

«Infatti.» Gorde ridacchiò. «Benn, togliamole il resto dei vestiti e mostriamoglielo.»

«Piano eccellente.» Benn mi tirò l'orlo della maglia. «Braccia in alto, amore, così posso toglierla.»

Alzai le braccia. «Pensavo di non essere più una schiava.» Trattenni il respiro mentre il tessuto setoso mi sfiorava il seno e l'aria fresca mi accarezza i capezzoli.

«Certamente no.» Benn mi morse il collo, gettando di lato il tessuto. «Tranne in camera da letto.»

«PERCHÉ TI PIACE, quando ti dominiamo qui.» Gorde mi attirò contro il suo corpo da dietro, in modo che il mio culo gli toccasse il cazzo, già duro attraverso i pantaloni. Mi prese entrambi i seni e li strinse dolcemente. «Non ho ragione?»

Feci un respiro profondo. «Forse ho bisogno che qualcuno

me lo ricordi.» Spinsi indietro i fianchi, strusciandomi nel suo calore. «Che mi ricordi quanto può essere bello. Poi vi farò sapere se voglio essere la vostra schiava d'amore.»

Mi allungai indietro, infilai le mani tra i suoi folti capelli e gli afferrai le antenne.

Ringhiò e si fece più duro. «Danica, non farlo ancora.» Mi pizzicò i capezzoli, quel tanto che bastava per farmi gemere di desiderio.

«Questo?» Lo feci di nuovo. «Ma perché no?»

Con un movimento così veloce che non lo vidi arrivare, mi fece girare e subito dopo lo trovai seduto sul disco del sonno con me sulle sue ginocchia. Mi diede uno schiaffo sul sedere e il colpo echeggiò nella stanza.

«Perché aspetterai finché non te lo dirò» mormorò, dandomi un'altra sculacciata. «È chiaro?»

«Oh» mi lamentai, irrequieta, lasciando che le mie cosce si aprissero. «Fa male.» Alzai i fianchi in un silenzioso incoraggiamento.

Lui rise. «E perché penso che ti piaccia?»

Mossi il culo. «Non lo so. Forse perché puoi vedere... questa?» Allargai ulteriormente le gambe e inclinai i fianchi. «Mmm?»

«*Kazo,* fammi vedere.» La voce di Benn era rauca per il bisogno. Il letto cedette con il suo peso e poi le sue mani corsero sui miei polpacci, sulle mie cosce. Gemetti mentre trovava il mio nucleo con le dita e mi stuzzicava, dentro e fuori. «È così bagnata.»

«Alla nostra piccola compagna dispettosa piace la sua punizione» suggerì Gorde.

«Allora dovremmo certamente accontentarla con qualcosa in più. Tienile le mani mentre le sculaccio il bel culetto rosa.» Benn mi mise entrambe le mani sulle natiche e le premette delicatamente, poi tracciò dei movimenti circolari sulla mia pelle. «La farò dimenare sulle nostre ginocchia prima di lasciarla venire.»

Gemetti. «No, non farlo.»

«Penso che intenda *vi prego*.» Gorde rise. «Guarda come è diventata ancora più bagnata quando l'hai detto.» Fece scorrere i palmi delle mani sulla mia schiena e sulle spalle. «Braccia indietro, tesoro, sì, così.» Mi sistemò le mani sulle reni e le tenne entrambe in una delle sue. «Vedi come sei ben trattenuta adesso? Benn può sculacciarti quanto vuole e tu non puoi scappare.»

I miei seni spingevano contro le sue cosce, e la pressione sui cristalli fece vibrare intense fitte di bisogno nei miei capezzoli, e una sensazione corrispondente mi crebbe nel clitoride. «Oh!» Sussultai, stringendo più forte le mani.

Mi accarezzò i pugni con il pollice. «Sì? Ti piace?»

«Gorde.» La tenerezza del suo tocco mi uccise.

«Danica.» Sentii un sorriso nel suo tono. «Rilassati e lascia che ci prendiamo cura di te nel modo in cui hai bisogno. Ti garantisco che puoi fidarti di noi.»

Allentai i pugni e lui si allungò sotto di me, e sollevai un lato in modo che potesse raggiungere più facilmente il mio seno con quelle dita magiche. Nell'istante in cui chiuse il pollice e l'indice sul mio capezzolo, gridai, perché allo stesso tempo Benn mi sculacciò forte su entrambe le natiche.

«Madre Terra.» Potei tirare fuori le parole solo con un sussulto mentre loro due si muovevano sul mio corpo all'unisono, giocando con i miei capezzoli, sculacciandomi il culo, fino a quando il bisogno non fu così intenso che gridai i loro nomi.

«Benn, Gorde, vi prego!»

«Vuoi che ti scopiamo?» Benn fece scorrere le mani,

entrambe, lungo l'interno delle mie cosce e mi palpò il sedere. «Diccelo.»

«Sì, per favore, subito» lo incoraggiai, ruotando i fianchi.

«Chi sono i tuoi padroni? Diccelo.» Gorde mi strinse più forte i capezzoli, provocandomi una fitta di dolore che insieme al movimento delle dita di Benn mi fece impazzire.

«Voi! Entrambi. Benn, Gorde. Padron Gorde. Padron Benn.» Ero quasi incoerente.

«Giusto. Siamo noi.» Benn mi diede una pacca sul sedere alla base delle cosce. «E guarda com'è bella e rossa, Gorde. È pronta per i nostri cazzi.»

«Dovremmo lasciare che sia lei a scegliere chi sarà il primo?» Benn fece scorrere un dito lungo la mia fessura e me lo spinse dentro.

«No, li voglio entrambi. Allo stesso tempo.» Sussultai mentre lui si spingeva più in profondità. «Padron Benn. Ti prego.»

Fermò la mano. «Sei sicura?»

«Sì.» Sentirono la convinzione nella mia voce, ne ero sicura. «Ho bisogno di entrambi, subito.»

«Il tuo desiderio è un ordine, tesoro.» Benn mi prese in braccio e mi tenne tra le braccia. «Gorde?»

Alzò un sopracciglio verso il suo amico e Gorde sorrise. «Ci sto.» Si sdraiò sulla piattaforma del sonno, con il cazzo sporgente, duro e grosso. «Mi cavalcherai, Danica, come una brava piccola schiava. E una volta che sarai così calda da essere pronta a venire, Benn scivolerà direttamente nel tuo bel culo stretto, così potremo scoparti entrambi contemporaneamente.

Benn mi diede una pacca sul sedere, poi mi sollevò. «Apriti, tesoro. Allarga e divarica le tue belle cosce così posso guardare il suo cazzo scivolarti nella figa.

Mi mise accanto a Gorde e io mi avvicinai, gli misi una gamba sopra e mi misi in posizione, con i seni che dondolavano e il respiro che si faceva veloce. «Così?» Mi guardai alle spalle e vidi gli occhi di Benn che brillavano di desiderio, poi mi girai di nuovo per fissare il volto di Gorde. La sua espressione, allo stesso tempo feroce e tenera, mi sciolse il cuore e mentre scivolavo sul suo magnifico cazzo, mi vennero le lacrime agli occhi.

Si allungò per sfiorarmi la guancia. «Non piangere, dolce schiava» mormorò. «Questo è un momento di piacere.» Mi mise entrambe le mani sui fianchi. «Cavalcami, Danica. Cavalca il mio cazzo e fai sentire bene la tua figa.»

Mi diede una pacca sul sedere e io piagnucolai.

«Sei dolorante?» Sorrise mentre annuivo. «Bene. La prossima volta sculacceremo anche più forte.»

Questo mi fece sgorgare nuova umidità, e lui gemette, chiudendo gli occhi. «*Kazo*, tesoro. Adoro il fatto che ti piaccia duro. Sì, così.»

Mi muovevo su e giù lungo il suo cazzo perfetto, godendomi la sensazione di potere che deriva dall'essere sopra, quella al comando. Permisi al suo cazzo di sfiorarmi il clitoride una volta, poi ancora, poi mi mossi in modo da usarlo per il mio piacere, senza nemmeno portarlo dentro di me completamente, ma semplicemente strofinando il mio corpo contro il suo per massimizzare la sensazione.

«Oh!» Mi mancò il respiro mentre Benn mi afferrava le spalle da dietro. Il suo cazzo era duro come la roccia mentre mi riportava contro il suo corpo, con le gambe divaricate su quelle di Gorde.

«Sei pronta per me?» mormorò, stringendomi i seni.

Mi appoggiai al suo petto duro, godendomi le sue braccia forti, i muscoli che si muovevano mentre mi teneva. Il cazzo premette contro la fessura del culo.

«Sì.» Mi allungai dietro di me per afferrargli le antenne e questa volta non ci fu nessuna lamentela, solo un ringhio di piacere. Le antenne si indurirono al mio tocco e io risi di gioia. «Ti piace.»

«Mi piacerà ancora di più.» Mi spinse dolcemente in avanti, lontano dal suo petto. «Cavalca di nuovo Gorde, tesoro, e spingi in fuori quel culo bello e alto.»

«Con piacere, padrone.» Ero così bagnata che scivolavo facilmente sul cazzo duro di Gorde, sorridendo al suo grugnito di piacere. Mossi il corpo in modo da sistemare il sedere e allargai le cosce, il respiro divenne più veloce. «È... farà male?» Un momento di preoccupazione mi fece guardare indietro per controllare il suo volto. Ma stava sorridendo. «Guarda avanti» mi ricordò.

Il tappo di una bottiglietta fece clic e l'olio caldo mi scorse lungo la fessura del culo. Benn me lo strofinò sul corpo, spingendo il suo dito nel mio corpo solo un po', poi più in profondità mentre mi rilassavo sotto il suo tocco.

«Quanto basta per renderlo ancora migliore» promise, spruzzando altro olio sul mio corpo e massaggiandomelo sul culo. «E poi ti farà urlare di gioia.»

Strinsi la figa sul cazzo di Gorde e strinsi forte il culo sul dito di Benn, godendomi già il doppio piacere.

«Non ancora» mi avvertì, e mi diede una forte pacca sul sedere. «Per il momento rimani aperta, piccola umana. Apri per bene per le mie dita, altrimenti come farò a farci entrare questo cazzo enorme?»

Gemetti ma obbedii, lasciando che i miei muscoli si allentassero mentre lui aggiungeva un secondo dito oliato al primo. «Vedi?» Le pompò dentro e fuori. «Come diventa più facile. Come ti fa sentire bene, *kazo*.»

«Mmmm.» Spinsi sul cazzo di Gorde. «Sono quasi pronta...»

«No» sbottò Benn e mi diede una pacca sul sedere con l'altra mano e io strinsi di nuovo. Sottolineò ogni parola con uno schiaffo. «Aspetterai. Di avere. L'autorizzazione.»

Gemetti. «Ma ne ho bisogno.»

«Oh, davvero?» mi sculacciò ancora. «Vieni prima che te lo dica, piccola schiava, e ti colpiremo con la cintura finché non potrai più sederti domani. È questo quello che vuoi?»

«No!» Ma le sue parole mi infiammarono, e divenne più difficile trattenersi. «Gorde, Benn!»

«Tieni il culo aperto» mi avvertì, e premette la punta del suo grosso cazzo sul mio culo. «Perché potrai venire solo quando saremo entrambi sepolti profondamente dentro di te. È chiaro?»

«Sì...» gemetti, e il verso si trasformò in un sibilo di dolore mentre lui spingeva dentro di me, centimetro dopo centimetro. Era straziante e non potevo sopportarne di più, finché all'improvviso il mio corpo rilasciò la tensione e lui scivolò dentro. Ero incredibilmente piena, ma non faceva più male, e l'eccitazione per questo sviluppo mi faceva impazzire. Mi mossi, dapprima incerta, facendo pulsare leggermente la figa sul cazzo di Gorde. Poi più forte. Ogni volta che stringevo i muscoli, stringevo due cazzi e mentre premevano dentro di me, nei punti giusti, il mio orgasmo cresceva in un modo nuovo. Era qualcosa che non avevo mai provato prima, la sensazione sbocciava così profondamente dentro di me che non riuscivo a respirare.

«Madre Terra...» sussurrai, affondando le unghie nella schiena di Gorde, stringendo le dita dei piedi insieme alla fica. «Non posso...non posso...»

Benn si allontanò di appena un centimetro, poi rientrò delicatamente. Dolcemente. Poi forte. Urlai alla sensazione; era troppo e al tempo stesso non abbastanza.

Gorde mi afferrò i fianchi. «Danica, cavalcami mentre ti prende il culo. Ora.»

Tremai e il ritmo aumentò mentre noi tre diventavamo un'unica entità. Era una danza lenta mentre scendevo sul cazzo di Gorde, poi di nuovo su quello di Benn, avanti e indietro. Le loro mani erano dappertutto, tiravano, strattonavano, stringevano. La figa e il culo erano in fiamme per il desiderio e stavo gridando parole, nomi, invocazioni. Man mano che il sentimento cresceva, non si poteva trattenere, né aspettare il permesso.

Urlai e strinsi tutti i muscoli ed esplosi nell'orgasmo più glorioso di tutta la mia vita, con il corpo in fiamme di gioia. Ogni terminazione nervosa vibrava di piacere, la cosa più incredibile possibile. Era come se potessi vedere l'intero universo dietro le mie palpebre chiuse, tutti i colori delle stelle, delle galassie.

E mentre venivo e venivo ancora, pulsante della gioia della nostra unione, vennero anche entrambi i miei compagni. Ruggirono il mio nome e afferrarono il mio corpo, tutti sudati e accaldati, in un momento che ci portò da tre a uno. Temevo di essermi innamorata di entrambi, irrevocabilmente. Madre Terra, pensavo di essermi innamorata. Cosa sarebbe successo quando avessero scoperto il mio segreto?

∼

BENN

«NON POSSO CREDERE che siano già passate quattro settimane.» Mi agganciai la cintura da combattimento alla vita e guardai Gorde che stava regolando le coordinate di volo all'interno del nostro velivolo. Fuori dal finestrino, il sole viola si alzava grande all'orizzonte, uno spettacolo che non smetteva mai di riempirmi di orgoglio: Zandia.

Mi lanciò un'occhiata e sorrise. «Quattro settimane perfette con la nostra nuova piccola umana.»

«Splende come una stella che implode.» Alzai gli occhi al cielo, ma non potei fare a meno di sorridere. «È davvero fantastica, *kazo,* devo ammetterlo.»

«Nessun rimpianto?» Alzò un sopracciglio e distolse lo sguardo brevemente per parlare nella sua unità di comunicazione. «Stiamo per decollare.» Si voltò verso di me. «Per niente?»

Scossi la testa. «Sono contento.» Inclinai la testa, sorpreso dalla mia stessa ammissione. «Con la nostra piccola umana.»

«Bene.» Diede un colpo alla console. «E a proposito di piccoli… hai notato?» Si toccò lo stomaco. «Penso che non sia più così piccola.»

Mi sporsi in avanti. «Lo pensavo anch'io.» L'eccitazione mi scorreva in corpo. «Un piccolo, Benn. Nostro.» Battei un pugno nell'altra mano. «*Kazo.*» Era emozionante, ma anche snervante.

Notò la mia espressione. «Se riusciamo a fare questo» agitò una mano attorno alla nostra navicella altamente tecnologica, «sicuramente possiamo prenderci cura di una piccola creatura.» Sussultò. «Che ha bisogno di tutto.»

Deglutii. «Non ci ha detto niente. Siamo sicuri che lo sappia?» Un'ondata di disagio mi colpì. Danica aveva ancora dei segreti. Non parlava del suo ex padrone, e a volte aveva uno strano sguardo negli occhi: uno sguardo distante e si chiudeva completamente.

Alzò le spalle. «Deve saperlo. Se riusciamo a vederlo…»

Mi accigliai. «Dovrebbero crescere così velocemente? È tutto così recente.»

Alzò le spalle. «Penso che ogni essere umano sia diverso.

Dobbiamo portarla dal dottor Daneth, per assicurarci che tutto proceda correttamente.»

«Appena torniamo.» Mi accelerò il battito. «Pensi che sia tuo o mio?»

«Non lo so. Chiunque sarà il primo, faremo in modo che l'altro sia il secondo.» Incrociò le braccia. «È giusto così, no?»

Annuii. «Sì.» Respinsi i miei impulsi competitivi. «In ogni caso, l'importante è che sia sano.»

«Uno zandiano.» Si alzò e sorrise. «È quello che avevamo pianificato e sta accadendo. Grazie alle stelle.»

Annuii. «Stiamo facendo la cosa giusta per il pianeta.» Non mi ero mai sentito così prima. L'orgoglio che mi si gonfiava nel petto era più grande di qualsiasi cosa avessi provato.

Il mio comunicatore emise un segnale acustico con nuove informazioni sulla nostra ultima missione e sospirai, quindi riportai la mia attenzione al lavoro. «Ora siediti e concentrati, perché se ne troviamo un altro come Taxx, avremo bisogno di tutta la nostra energia.»

Gorde gemette e si buttò sul sedile più vicino. «Quell'escremento. Ha già detto perché lo ha fatto?»

Scossi la testa. «È in detenzione e non parla. È un *kazo* di peccato.»

«Non mi fa pena.» Quasi vomitò le parole e strinse gli occhi. «Ha quasi fatto del male a Danica, ed è un traditore di Zandia.» Strinse i pugni. «Mi piacerebbe farlo a pezzi io stesso.»

Annuii. «Mi chiedo cosa gli sia successo per farlo diventare in quel modo.»

«Non tutti gli zandiani sono degni.» Le sue parole erano dure. «Pensi che re Zander dovrebbe consentire la pena di morte?» Il re si rifiutava da tempo di versare il sangue zandiano a causa del pericolo di estinzione della nostra popolazione.

L'idea mi fece raggelare. «È ancora nostro fratello, in un certo senso. Non lo so. Concentriamoci sui nostri piani di ricognizione.»

Lui annuì. «Concordo.» Poi si girò verso di me, dopo una pausa. «Durante la lotta. Sembrava che...»

«Che cosa?» Qualcosa nel suo tono mi spinse a scrutare più da vicino il suo viso.

«Non lo so.» Emise un ringhio basso. «Quando Taxx aveva lo storditore al collo. Lei doveva abbassarsi e lui doveva smettere di muoversi. E poi sono successe entrambe le cose, proprio nello stesso momento. Poi tu e io lo abbiamo sopraffatto in un istante.»

Aggrottai la fronte, rivedendolo nella mia mente, anche se le immagini erano stridenti, indesiderate. «È il nostro legame. È per questo che lavoriamo bene insieme.» Alzai le spalle.

Scosse la testa e aggrottò la fronte. «Era come se anche Danica stesse lavorando con noi.»

Ci pensai, e ricordai Taxx che gemeva, come se fosse bloccato sotto una pesante lastra di metallo, e come avevo saputo senza esitazione che quello era il momento di colpire. «Forse significa semplicemente che noi tre siamo destinati a stare insieme. Lavoriamo bene come squadra.» Sicuramente mi era sembrato giusto salvarla, ed era stato in quel momento che avevo capito di avere bisogno di lei come mia, per sempre.

«Suppongo che sia vero.» Sorrise.

Alzai gli occhi al cielo. «Ora, per favore, possiamo concentrarci sulla missione?»

〜

Ero frustrato: il nostro viaggio era andato a vuoto e tutto ciò che avevamo ottenuto era stata una fuga per un pelo dallo spazio aereo di Ocrezia con la nostra copertura intatta. Ma non appena vidi Danica, la mia rabbia e l'irritazione per quella giornata si sciolsero.

«Sei bellissima.» Mi avvicinai per baciare le sue morbide labbra rosa, indugiando ad assaporare il sapore che mi esplodeva sulla lingua. «E sei deliziosa.» La leccai lungo la bocca e le schiaffeggiai il culo.

Lei ridacchiò. «È uva.» Arrossì. «Sto ancora provando tanti nuovi cibi.» I miei compagni mi facevano consegnare nuovi cibi quasi ad ogni rotazione del pianeta.

«Anch'io mangerei quasi ogni rotazione del pianeta, se potessi assaggiarlo dalla tua bocca.» La tirai a me per un altro bacio.

Accanto a me, Gorde ringhiò. «Non essere avido, fratello.»

Si mosse facilmente tra le sue braccia e premette entrambe le mani sulle sue guance, guardandolo negli occhi. «Mi sei mancata.» Sorrise e lui si sciolse, il suo sguardo austero si trasformò in uno sguardo affascinato.

Risi, anche se sapevo di essere altrettanto frustato. Un sorriso della nostra umana ed eravamo completamente suoi. Interamente. E la cosa mi piaceva.

«Entrambi...» Allungai la mano e le toccai la pancia. «Mi siete mancati entrambi. Ho ragione?» Trattenni il fiato.

Impallidì. «Io...» Si allontanò dall'abbraccio di Gorde, con le mani che le cadevano lungo i fianchi.

«Danica, va tutto bene.» Allungai la mano e le toccai il braccio, che era diventato freddo.

«È più che tutto bene» ringhiò Gorde. «È fantastico. È quello che volevamo fin dall'inizio. Un nostro piccolo!» Inclinò la testa per scrutarla. «Cosa c'è che non va?»

Lei lo fissò, poi scosse la testa, uno schiocco veloce. «Avrei dovuto dirvelo non appena, ehm, l'ho saputo. Lo stavo elaborando. Mi dispiace; sono... davvero emozionata.» Ma il suo viso sembrava dire tutt'altro.

Un disagio freddo mi premette sul petto e lo respinsi. «Sei nervosa? Il dottor Daneth dice che le umane sopportano bene i piccoli zandiani e tu avrai il miglior supporto medico durante... il processo.» Agitai la mano, incerto su quali parole usare.

Sbatté le palpebre e si morse il labbro. «L'idea di un bambino. È qualcosa che non ho mai sperimentato prima.» Le si riempirono gli occhi di lacrime.

Gorde la prese tra le braccia. «Questo è il giorno più bello. Abbiamo te, e ora un piccolo in arrivo. Questo è esattamente ciò di cui Zandia ha bisogno, ciò di cui tutti abbiamo bisogno.» Il suo viso si illuminò, gli occhi brillavano di gioia. «Guardaci solo per un momento e vedrai che questo è tutto ciò che abbiamo sognato. Il culmine di una vita di progetti.»

Accelerò mentre parlava, accarezzandole le spalle. «Sei nostra più che mai, ora. Questo ci unisce per sempre.»

Lei tremò. Allungai la mano per toccarle i capelli, le misi la mano sul collo in quello che speravo fosse un tocco confortante. «Non devi preoccuparti di nulla. Questo bambino zandiano, e tu, sarete tenuti al sicuro da ogni bruttura e da tutti i predatori.» Sapevo che probabilmente era ancora terrorizzata all'idea di essere messa all'asta, al ricordo della sua fuga, al pensiero di tutte le creature che avrebbero potuto farle del male. «Ucciderò personalmente qualsiasi essere straniero che minacci te o Zandia. È chiaro?» Alzai la voce con passione.

Danica si bloccò. Prese fiato. «Completamente.» Il suo sorriso sembrava forzato. «Andiamo alla piattaforma del sonno.» Prese la mia mano e quella di Gorde. «Voglio sentirvi dentro di me adesso. Vi prego.»

E mentre facevamo l'amore, entrambi a turno per farla gridare di piacere, sentii in lei una strana differenza, qualcosa che non riuscii a capire. Quindi raddoppiai i miei sforzi, portandole quanta più passione possibile, abbastanza da soffocare la vocina di dubbio che avevo nella testa.

CAPITOLO DIECI

G*orde*

ACCANTO A ME, Danica vibrava di energia. Batteva il piede velocemente e stringeva le dita mentre Bayla eseguiva la scansione sul suo ventre nudo. «Cosa vedi?» La voce era tesa.

«Rilassati» La voce dell'ostetrica era rassicurante, ma Danica mi stringeva le dita più forte che mai.

«Ecco il cuore.» La dottoressa Daneth indicò lo schermo, dove una massa pulsante di movimento bianco e nero si confondeva davanti ai miei occhi.

Guardai avanti, il cuore mi batteva forte per eguagliare il battito di quella piccola cosa. «È così piccolo.» Sentii la meraviglia nel mio tono.

Il dottor Daneth ridacchiò. «In realtà, è abbastanza grande per il periodo di gestazione.» Sbatté le palpebre. «Cresce più velocemente del previsto. Se questo tasso di crescita continua» – lanciò un'occhiata alla sua compagna– «Bayla, puoi visualizzare il grafico?»

Lei annuì e un ologramma balzò nell'aria tra di noi. Il dottore fece un gesto. «Se assumiamo una curva lineare per il tasso di crescita, il piccolo sarà circa il 45% più grande di un tipico bambino zandiano entro la fine del periodo di gestazione, e potremmo dover prendere in considerazione procedure di parto alternative.»

«Quali?» Danica si girò per guardarlo, con gli occhi spalancati.

Le strinsi la mano mentre Bayla la calmava: «Danica, è completamente sicuro per il piccolo. Se necessario, faremo una piccola incisione chirurgica...»

«Mi taglierete?» Il suo viso era diventato pallido e tremava. «No, non potete. Non potete. Non potete...» Faticò a sedersi, afferrando anche la mano di Benn per fare leva.

Il dottor Daneth e Bayla si lanciarono un'occhiata, proprio mentre io scattavo: «Aprirla? Per le stelle...»

«Si riprenderà» Bayla alzò la voce per farsi sentire al di sopra di tutti noi. «Per favore ascoltate. Starà bene. L'abbiamo già fatto prima. Forniamo farmaci per mitigare il dolore ed è un semplice intervento chirurgico.»

Danica si rilassò. «Io... guarirò?» Lei sbatté le palpebre e si abbassò di nuovo.

Il dottor Daneth si schiarì la voce. «Non farà male, Danica. Tu e il piccolo starete bene. Il recupero richiederà alcune settimane, ma tornerai alla normalità in breve tempo. Non sappiamo nemmeno se sarà necessario.»

«Oh. Io... oh.» Fece un respiro profondo e si toccò lo stomaco. «Va bene. Capisco.»

«Questo tipo di cose sono diverse altrove? Cosa succede?» Mi avvicinai, preoccupato. «Diccelo.»

Lei scosse la testa. «Ho capito male, tutto qui. Ho pensato...»

«Danica, non è nell'interesse di nessun essere farti del male.» La voce del dottor Daneth era tesa. Stava ancora imparando come interagire con gli umani. La sua compagna aiutava, ma a volte era imbarazzante. «Ci prenderemo cura di te e del piccolo zandiano.»

Lei annuì. «Possiamo andare adesso?» Lo sguardo passò da Benn a me, con un'espressione implorante sul viso. Questa volta, quando si sedette, fece oscillare le gambe oltre il lato del lettino.

Guardai il dottore, che annuì. «Mangia cibo aggiuntivo quando hai fame. Le umane hanno bisogno di energia extra quando portano piccoli in grembo. Anche di più riposo. Ci vediamo di nuovo fra tre settimane.»

Danica era già alle prese con i suoi vestiti e sembrava non averlo sentito. Le toccai il viso e lei sussultò, poi sbatté le palpebre.

«Hai capito?» Le accarezzai i capelli. «La questione del cibo?»

Lei annuì. «Sì padrone.»

Andò verso la porta, poi tornò indietro. «Grazie.» Si schiarì la voce e scattò in avanti. Benn mi seguì, ma mentre mi giravo, il dottore mi toccò la spalla.

«Un momento.» Guardò verso Danica e Benn, che erano già molti passi più avanti, poi di nuovo verso di me. «In privato?»

«Che c'è?» Volevo stare con la mia compagna ed ero irritato da questo ritardo.

Il medico abbassò la voce. «La scansione del cervello su questo feto è insolita.»

«E?» Un terrore gelido mi scorse lungo la schiena.

«Significa che c'è qualcosa che non va nel piccolo?» Feci un passo avanti, con l'adrenalina alle stelle, scrutando l'immagine confusa congelata sullo schermo. I dettagli non significavano nulla per me, a parte quello più importante: era mio figlio. Il mio futuro.

«Non lo so.» La sua voce era tesa. «I piccoli umanozandiani sono ancora rari e non sappiamo tutto. Potrebbe andare tutto bene. Mi piacerebbe però tenere d'occhio i suoi progressi.» Tirò fuori gli ologrammi della scansione cerebrale. Un cipiglio si allargò sul suo viso.

«Bayla?» Sentii il tono implorante nella mia voce mentre mi rivolgevo all'ostetrica.

Non incrociò il mio sguardo. «Ogni gestazione è diversa. Assicurati solo che mangi e riposi in modo appropriato.»

Annuii. «Posso fare qualcos'altro?» Odiavo sentirmi impotente.

«Non preoccuparti» disse Bayla, dopo una breve pausa.

«Quindi questo è un segreto?» Alzai la voce, con lo stomaco in subbuglio.

Il dottor Daneth tese la mano. «Delle ansie ulteriori, nelle umane, non sono salutari per i piccoli. Non c'è bisogno di farla preoccupare. Ma» inclinò la testa e mi guardò, come se cercasse di dire qualcosa che non capivo del tutto «mi piacerebbe fare un'analisi più approfondita di queste scansioni cerebrali e vedere se riesco a rispondere ad alcuni dubbi che ho.»

Espirai. «Che dubbi?» Strinsi i pugni. Il suo atteggiamento mi stava spaventando e facendo arrabbiare.

Scosse la testa. «Ti farò sapere non appena avrò completato la mia revisione.» Alzò la mano e uscì dalla stanza.

«Probabilmente andrà tutto bene.» Bayla si girò per pulire lo scanner, i suoi movimenti erano rapidi e concisi. Accennò un sorrisetto, ma non incrociò il mio sguardo. «Ci vediamo presto.»

Quando raggiunsi Benn e Danica sulla navicella, il suo viso aveva ripreso colore e stava ridendo. Lui le sorrise e per un momento mi concentrai solo su noi tre, sulla nostra famiglia, dimenticando le parole del dottore.

«Cosa voleva?» Benn mi lanciò un'occhiata mentre aiutava Danica a salire i gradini della navicella, toccandole il sedere mentre lo faceva.

«Mi ha solo ricordato del cibo.» Deglutii a fatica.

Benn inclinò la testa e mi lanciò uno sguardo interrogativo. Mi conosceva troppo bene. Gli zandiani credevano che fosse disonorevole mentire, ma io non avevo mentito. Semplicemente non avevo detto tutta la verità. Scossi la testa, *non adesso*.

«Va bene.» Il suo tono era disinvolto, ma aggrottò la fronte prima di voltarsi verso Danica con un sorriso. «Avanti, allora, umana. Ti riportiamo a casa. Penso che dobbiamo fare un po' di pratica per pensare ai prossimi piccoli.»

Danica

Fare l'amore, come al solito, fu fenomenale. Durante l'atto, dimenticai tutto tranne il piacere, momenti di perfetta beatitudine che quasi compensavano le preoccupazioni che mi consumavano.

In seguito, sentii il bisogno di stare occupata per tenere a bada i pensieri. Mi alzai e mi vestii, lasciando i miei due compagni a oziare sulla piattaforma del sonno, con espressioni sazie sui loro volti, e mi diressi verso il mio banco da lavoro.

«Ho lavorato a qualcosa di nuovo.» Presi la mia ultima creazione e me la girai tra le mani, esaminando i fili e il metallo. La confrontai con lo schema sull'unità di comunicazione, una mappa digitale blu e argento lampeggiante, e aggrottai la fronte. La disposizione era accettabile, ma pensavo che avrei potuto ridurre la quantità di spazio necessaria se avessi spostato il condensatore di carica...

«Che cos'è?» Gorde, sempre attento, lanciò un'occhiata.

«È un Phaser.» Arrossii.

«Cosa ne sai?» La sua voce non aveva un tono negativo, né di disprezzo o rabbia. Era solo una domanda, ma per rispondere erano necessarie informazioni che non riuscivo a spiegare del tutto.

«Niente, quando ho iniziato,» dissi, «Drayn mi ha mostrato come li sta costruendo e non appena l'ho visto, qualcosa mi è scattato nel cervello. Come se avessi capito automaticamente come stavano insieme. Quindi, poiché avevo bisogno di fare qualcosa, mi sono offerta di provare a migliorarlo.»

«Ma in passato non hai mai lavorato nel settore tecnologico, giusto?» Gorde si alzò e si avvicinò a passo lento. Trattenni il fiato vedendo il suo torso nudo, il cazzo impressionante anche adesso che non era eretto, le cosce potenti.

«Sai che ero una schiava del sesso.» Guardai di nuovo il dispositivo che avevo tra le mani. «No, non ne ho mai avuto la possibilità.»

«Eppure tu» fece una pausa. Sapeva che non mi piaceva

parlare del mio passato. Che mi rifiutavo di... «hai già imparato a codificare?» la sua voce era sorpresa.

Alzai il mento. Dovevo ammettere che ultimamente la mia capacità di apprendimento sembrava migliorata, ma non avevo intenzione di discuterne con i miei compagni. «Bayla dice che gli esseri umani imparano velocemente, una volta che ne hanno la possibilità. Sì. Ho imparato a codificare.»

«Per le stelle» rifletté, con l'ammirazione scritta nella sua espressione. «Sai quanto tempo impiegano i bambini zandiani?»

«Non sono una bambina.» Mi girai, massaggiandomi la pancia.

«Lo so. È semplicemente straordinario che un essere senza esperienza possa farlo così velocemente.» C'era qualcosa nel suo tono che non riuscivo a individuare.

«Sei geloso?» scherzai. «Ti senti minacciato dalla piccola umana intelligente?» Capovolsi il dispositivo. «Chi può apprendere la tecnologia zandiana così velocemente da farti preoccupare?»

Incrociò le braccia. «Minacciato da un essere umano? Non è verosimile.» Scherzò. Ma poi mi toccò il braccio e la sua espressione si addolcì. «E stupisci me, noi, ogni giorno. Assolutamente.»

Alzai le spalle, dando un'altra occhiata al digilayout. «Noi esseri umani siamo in realtà piuttosto intelligenti.» Era vero. Su Zandia, avevo scoperto che gli esseri umani avevano capacità di analisi logica e una creatività vasta e non sfruttata che, quando scatenata, sembrava inarrestabile. Bayla mi aveva anche detto, sottovoce, che alcuni zandiani e umani stavano entrambi iniziando a pensare che gli umani potessero addirittura rivaleggiare con gli zandiani in termini di capacità intellettuale. Una volta che fossimo stati completamente formati, non si poteva dire quali sarebbero state le nostre capacità.

Presi il mio robotweeze e provai a inserire il tappo nella nuova posizione, ma era stretto. Aggrottai la fronte e senza preavviso e con una piccola scintilla, la cosa fu completa nelle mie mani.

Squittii e lo lasciai cadere sul tavolo, con le dita che tremavano.

«Danica?» Gorde si avvicinò. «Stai bene?»

Feci un respiro profondo e annuii. «Sto bene.» Non c'era dubbio questa volta. L'avevo fatto muovere con la mente. Mi toccai lo stomaco e la creatura all'interno si mosse, con un calcio o una pressione del braccio. Spinsi indietro e il bambino premette di nuovo, come se mi percepisse e reagisse. Ripetei l'azione e il piccolo premette ancora una volta. *Chiedendomi qualcosa. Dicendomi qualcosa.*

Mi portai l'altra mano alla bocca e Gorde vide la mia faccia.

«È il piccolo? Si sta muovendo?» Si avvicinò. «Sta scalciando?»

Si fece avanti e mi premette la mano sulla pancia. «Posso sentirlo?» La sua voce era riverente, e pensai di vedere qualcos'altro, però: una sorta di preoccupazione, o ansia. Ma sembrava abbastanza eccitato. «Danica... lui si sta muovendo! Benn, vieni qui!»

«Lei.» Mi uscì automaticamente mentre Benn si avvicinava di corsa e mi toccava la pancia.

«»Il dottor Daneth ha detto che è troppo presto per dirlo.» La mano forte di Benn si mosse sul mio stomaco. «È attivo.»

«È una femmina. Lo so.» La sensazione delle loro due mani sul mio ventre, protettive, gentili, mi fece venire le lacrime agli occhi.

«La maggior parte dei piccoli zandiani sono maschi» mi avvertì Gorde.

«Io lo so.» *Me lo ha detto lei.*

«Vedremo.» Benn non sembrava convinto.

Mi morsi il labbro. Sì, lo faremo sicuramente. Ma quello che vedremo... è qualcosa di cui non potevo essere sicura. Avrei dovuto dire loro la verità subito, ma quando guardai i loro volti, così pieni di amore e impaziente attesa, le parole mi rimasero in gola. E non dissi niente.

CAPITOLO UNDICI

D anica

SONO QUI. Non farmi del male. Sono qui. Grandi occhi rotondi, un viso dolce. *Non farmi del male. Non lasciare che mi facciano del male.* La mano l'afferrò, strappandola via da me. Sangue.

Restai senza fiato e mi sedetti sul letto, ansimando, con il sudore che mi colava dalla fronte, un grido soffocato che mi moriva in gola. Misi entrambe le mani sulla pancia gonfia, assicurandomi che tutto fosse ancora a posto.

Gorde si svegliò immediatamente. «Danica!» Mi afferrò. «Sei bollente.»

Mi asciugò la fronte. «Non sudi mai così tanto. Benn, prendile i liquidi.»

Anche Benn si mise subito in allerta – erano guerrieri, sempre pronti a reagire – e si avvicinò con un bicchiere d'acqua per me.

Deglutii il liquido fresco, poi cominciai a piangere.

«È stato un incubo.» Gorde mi attirò a sé, accarezzandomi il braccio. «Va tutto bene.» Le sue mani erano calde e calmanti, ma non riuscii a rilassarmi.

«Era così reale.» Stavo tremando.

«Cos'era? Ricordi del tuo precedente padrone?» Benn mi toccò la spalla.

«Sì.» Mentii. «Per favore, voglio solo rilassarmi.» *Non lasciare che mi facciano del male*. Gridai e gli afferrai le mani. «Tienimi. Tienimi e basta, per favore.»

«Domani la portiamo dal dottor Daneth.» La voce di Gorde era bassa mentre mi accarezzava. «Danica, i tuoi incubi stanno peggiorando. Non può essere un bene per te o per il bambino.»

«Lo so.» Avevo la voce ovattata, parlavo contro il suo petto.

«Quindi lascia che ti aiutiamo,» disse teso. «Se ci parli del tuo passato, non ti giudicheremo. Possiamo aiutarti.»

Scossi la testa. «Ho bisogno di più tempo.»

Sospirò. «Cosa succederà quando finiremo il tempo?»

Mi irrigidii tra le sue braccia. *Già, cosa?* «Mi dispiace, ma non sono pronta.»

Mi fece avvicinare a Benn e si alzò. Odiavo il fatto che la mia reticenza stesse creando un solco tra noi, ma in questo momento stavo dando tutto quello che potevo.

«Ci sono altri umani qui con un passato difficile. Forse parlare con uno di loro aiuterà.»

Camminava avanti e indietro per la stanza, poi, quando non risposi, imprecò sottovoce. «Vado ad allenarmi.»

«A quest'ora?» Benn alzò le sopracciglia.

«Ho bisogno di schiarirmi le idee.» Gorde scomparve fuori dalla porta.

Nel silenzio improvviso, l'unica cosa che sentivo era il mio respiro e quello di Benn, ma quando mi concentrai, sentii tutto: gli scricchiolii dell'edificio e i passi di Gorde, già a un chilometro di distanza, i suoi piedi forti che scricchiolavano sulla ghiaia blu di Zandia lungo il sentiero. Un uccello notturno trillò, un verso solitario dalle note alte, intorno a lui le foglie frusciavano dolcemente. Alla fine, Gorde esaurì la mia portata uditiva e io tremai.

«Che c'è?» Benn mi afferrò. «Danica?»

Come potevo dirgli che mi stavo trasformando in qualcos'altro, qualcosa di non-umano, giorno dopo giorno? Scossi la testa. «Sto bene.»

Quando mi vide, il volto di Bayla si riempì di sorpresa. «Danica! Entra. Non ti aspettavo. Diede un'occhiata al mio addome.

«Ciao.» Deglutii a fatica ed entrai nella sua stanza. «Volevo parlare con te.»

«Certo.» Mi sorrise. «Vuoi un tè? La nostra regina ora sta coltivando la camomilla, un'antica pianta botanica della Terra che ha un effetto calmante per le future mamme.» Indicò il suo armadietto.

«Preferirebbe dell'acqua» dissi automaticamente, la consapevolezza mi arrivava senza sosta. Poi, vedendo l'espressione di Bayla, tossii e mi corressi: «Voglio dire, *io* preferirei l'acqua, adesso.»

Mi porse un contenitore. «Sei grossa per questa fase della gravidanza. Ti senti stanca?»

Annuii.

Restammo sedute in silenzio per qualche minuto mentre bevevo la mia acqua e ascoltavo il suo battito cardiaco e il sangue che le scorreva nelle vene, un suono rilassante che avevo imparato a mettere in sottofondo.

«Cosa volevi chiedermi?» Il volto di Bayla era guardingo ma gentile.

Alzai le spalle. «Ero curiosa riguardo al processo del parto in generale.» Deglutii. «Ho guardato gli ologrammi, ma...» Mi morsi il labbro. «Hai qualche esperienza con piccoli che non siano un mix tra umani e zandiani?»

Sorrise. «Anche uno zandiano-zandiano. Una femmina zandiana di nome Eslyn e i suoi tre compagni sono stati benedetti con un piccolo in questo ciclo solare.»

Annuii. «Hai mai saputo di altri piccoli? Le femmine rimangono incinte per periodi di tempo diversi, giusto?»

Inarcò un sopracciglio e, con mio sollievo, non mi chiese perché avevo bisogno di saperlo. «Gli altri esseri hanno periodi di gestazione diversi. Ad esempio, i telluriani hanno un periodo di gestazione di soli due mesi. I finn di diciassette.» Tremai, pensando al proprietario del trasporto su Hectan-3.

Annuii e battei il piede. «I geni si mescolano, giusto?»

Sbatté le palpebre. «Cosa mi stai chiedendo, Danica?»

«E se, diciamo» feci un respiro profondo «e se una specie crudele si accoppiasse con una specie gentile. La progenie risultante potrebbe essere... buona?» mi interruppi, stringendo una mano nell'altra.

Mi toccò le dita intrecciate. «Danica?»

Scossi la testa. «Me lo stavo solo chiedendo. È tutto così sorprendente, sai?»

Sospirò. «Beh, tutto è possibile, suppongo. Ma senza esperienza è impossibile fare previsioni.»

«Ma cosa succederebbe se il bambino dicesse alla madre che è una creatura buona?»

«Non possono farlo.» Mi strinse il palmo. «Non finché

non saranno molto più grandi. Sei nervosa, Danica? Prometto che ci prenderemo cura di te e del tuo piccolo.»

Ma quando mi guardò, provai di nuovo quella strana sensazione. Il modo in cui non incrociava del tutto il mio sguardo. Cosa sapeva? Mi ero sentita sollevata dal fatto che nessuno avesse fatto commenti dopo l'ecografia, ma la verità sarebbe venuta fuori abbastanza presto.

«So che lo farai.» Sorseggiai l'acqua. «Voglio sapere cosa accadrà. In modo da essere preparata.»

«Ripassiamo i passaggi.»

Mentre parlava, mostrandomi foto, sollevando gli strumenti, annuii e prestai molta attenzione a ciò di cui avrei avuto bisogno come minimo indispensabile per farlo in sicurezza. Da sola. Nel caso in cui fossi arrivata a quel punto.

CAPITOLO DODICI

G *orde*

«QUINDI TAXX CONTINUA A NON DIRE NIENTE?» Presi fiato e mi rivolsi al maestro Seke, il vecchio guerriero che aveva addestrato tutti gli zandiani sopravvissuti dopo l'invasione del nostro pianeta. Per noi era una figura paterna. Un mentore. Il suo viso sembrava più segnato del solito, e mi chiesi se la pressione di tenere sotto controllo Zandia lo stesse provando.

«È diventato muto.» Seke si avvicinò alla finestra e guardò fuori.

«Ancora non capisco perché volesse prendere la navicella e Danica.» Mi accigliai. «Gli avevamo appena salvato la vita e lo avevamo riportato in patria. Cosa poteva esserci di così importante da spingerlo a commettere un grave crimine per andarsene immediatamente?»

Seke aggrottò la fronte. «La mia ipotesi migliore è il ricatto.»

«In che senso?» lo guardai.

«Penso che sia stato costretto a farlo. Ma per quale motivo?» Incrociò le braccia.

«Perché non può semplicemente dircelo?» La mia voce era tagliente.

«Gli esseri sono raramente logici, anche gli zandiani.» La voce del maestro d'armi era secca. «La comunicazione anticipata potrebbe risolvere tanti problemi.»

«Cosa potrebbe esserci di più importante della sua stessa vita?» Strinsi il pugno. «Sa che per lui è in gioco la pena di morte.» Lanciai uno sguardo a Seke. «Non è vero?»

«Se n'è parlato, ma re Zander non giustizierà uno zandiano.» Disse Seke con voce ferma. «Nemmeno per tradimento.»

Annuii. «Ma è disposto a vivere tutta la vita in prigione?»

«Sembra di sì.» Seke incrociò le braccia al petto. «Come sta la tua nuova compagna?»

Strinsi le spalle. «Bene. Il piccolo sta crescendo e il dottor Daneth ha detto che dovrebbe partorire in tre cicli lunari.

Il vecchio guerriero mi lanciò uno sguardo espressivo. «Eppure sembri preoccupato. Perché?»

Scossi la testa. «È lunatica. Ha i terrori notturni. È chiusa.» Non gli dissi cosa aveva detto il dottor Daneth sulla scansione cerebrale del bambino o sulle sue dimensioni. O sulla necessità di fare più esami degli ologrammi.

Alzò un sopracciglio. «Le femmine umane sono creature sensibili e sconcertanti, anche senza gli ormoni della gravidanza.»

Pensai al suo volto terrorizzato l'altro giorno quando si era svegliata dall'incubo. «Lo spero.»

Seke mi diede una pacca sulla spalla. «Un altro zandiano. Sarà una giornata da festeggiare.»

«Bilancia i numeri» provai a scherzare. «Ne ho portato

uno cattivo, quindi ve ne darò uno buono, uno nuovo, per rimediare.»

Premette la mano sul mio braccio. «No, Gorde. Non incolpare mai te stesso. Non avevi alcun controllo sui piani di Taxx. Hai fatto quello che ti avevamo chiesto, cioè, salvare uno zandiano. Ciò che ha fatto dopo non è una tua responsabilità.»

«Non sono riuscito a intuirlo.» Il fallimento mi faceva così arrabbiare che avrei potuto gridare. «Ho deluso te e Zandia. Non ho riconosciuto il pericolo.»

«Eppure avete reagito rapidamente, tu e Benn, e siete riusciti a disarmarlo.»

«Sì,» dissi con voce incerta. Quel momento era rimasto impresso nella mia mente per sempre: lo sguardo sul viso di Danica, quasi come se sapesse cosa volevo che facesse. Poi il modo in cui si era chinata, e il modo in cui Taxx si era bloccato. Avevo sempre di più la sensazione che nascondesse qualcosa di grosso.

«Il tuo allenamento e i tuoi riflessi hanno salvato la situazione.» La sua voce era calma.

Non ero del tutto convinto che avesse ragione e scossi la testa. «L'intera faccenda è stata un disastro.»

Mi diede di nuovo una pacca sulla spalla. «La nostra vita sarà una serie di guai e successi da qui in avanti. Questa ricostruzione non è fatta per i deboli, Gorde. Non saremo mai perfetti. Ma dobbiamo fare del nostro meglio e andare avanti.» Mi guardò in faccia. «Lo capisci? Traiamo il meglio da ciò che abbiamo e utilizziamo tutte le nostre risorse.»

Annuii, incoraggiato. «Lo farò. Grazie maestro.»

«Grazie a te. Ora torna là fuori e trascorri del tempo con la tua compagna prima che arrivi il piccolo. Ti garantisco che dopo ci saranno pochi, ehm, momenti» sorrise, «per l'intimità.»

Sorrisi anche io, sapendo che aveva ragione.

«Lo farò. Grazie.»

~

Benn

«Andiamo» incoraggiai Danica. «La luce sta svanendo e voglio che tu la veda prima che il sole tramonti.»

«Ho solo bisogno di alcune cose.» Lei ridacchiò quando portai gli occhi al cielo; le piaceva quando la prendevo in giro.

«Se avessi saputo che gli umani erano così lenti...» Alzai le mani.

«Ti saresti buttato a terra per implorarmi di mostrarti come assaporare adeguatamente ogni momento?» Alzai un sopracciglio e mise una confezione di liquidi nella borsa. «Se avessi saputo che gli zandiani erano sempre impegnati a correre in giro tutto il tempo...»

La presi tra le braccia e seppellii il viso tra i suoi capelli. Quei *kazo* di meravigliosi capelli biondo pallido, morbidi e leggeri, come muschio. Come lo spruzzo di una cascata. Fragranti, delicati, come lei. Le parlai contro il collo. «Avresti assaporato quanto tempo ci voleva per preparare i tuoi spuntini? *Kazo,* tesoro, ti serve l'intera dispensa?»

«Anche di più.» Strillò mentre le mordevo il collo. «Sai quanto ho fame in questi giorni.» Prima della visita con il dottor Daneth, era stata tesa. Successivamente, si era calmata. Pensavo che si stesse abituando alla vita qui con noi.

«Lo sappiamo.» Gorde tornò sulla soglia aperta. «Penso che tu mangi l'equivalente di prodotti per un intero ciclo solare.» Fece un passo avanti e le toccò la pancia, con un sorriso affettuoso sul viso. «Non che ci dispiaccia, ovviamente.» Indicò la navicella fuori casa nostra. «Ho pronto il nostro trasporto via terra. Se voi due riuscite a costringervi ad uscire per qualche minuto, potremmo arrivare a destinazione in tempo.»

«Non è colpa mia.» Danica rivolse a Gorde il sorriso più dolce e sbatté le ciglia. «Benn è stato affettuoso, e come potevo dire di no?»

Le diedi una pacca sul sedere, non forte, e lei strillò. «Bestia.»

«Giusto.» Lo feci di nuovo, la baciai, poi con riluttanza la misi giù, facendo scorrere le mani sulle sue braccia, stringendole il palmo, prima di lasciarla stare. «La tua bestia. Ed è una cosa che ami.»

«È vero.» Si alzò in punta di piedi per baciarmi, la sua pancia mi sfiorava l'addome. Una scintilla di passione e orgoglio protettivo mi scorse dentro. La mia compagna. Il mio piccolo.

Allora mi prese la mano, e poi quella di Gorde, e il momento fu perfetto. Il suo viso era così vibrante e sano, i suoi occhi luminosi e splendenti: non era mai stata così bella. Era vero quello che dicevano gli altri zandiani: c'era qualcosa di inconfondibilmente bello in un'umana incinta che ti apparteneva.

«Allora dove stiamo andando?» Danica entrò nella navicella e si sedette sulla sua poltrona, sbirciando fuori dal finestrino mentre partivamo, scivolando rapidamente a pochi metri da terra.

«Lo adorerai» promisi, e lanciai un'occhiata a Gorde. Ricambiò lo sguardo e sorrise, ma aveva un'espressione cauta sul viso, come se ci fosse qualcosa che non mi stava dicendo. Le cose con lui erano andate un po' male dalla nostra visita al dottor Daneth. Danica era più rilassata; lui no. Chissà se era preoccupato al pensiero di non sapere se il piccolo fosse suo o mio? Dopotutto, era lui quello a cui era piaciuta per primo Danica... e si era innamorato di lei più profondamente.

«Ci siamo» annunciò, quando arrivammo. Lo sguardo sul viso di Danica mi disse che era stata una grande idea, perché aveva gli occhi spalancati. E quel sorriso? Era tutto.

«Non ho mai visto niente di così meraviglioso» sussurrò. «Che posto è questo?»

«Si chiamano Altipiani di Zandal.» Gorde le prese la mano per aiutarla a scendere dalla navicella. «L'entroterra che non è stato toccato dai finn. Re Zander ha recentemente approvato la possibilità per gli accoppiati di richiedere appezzamenti di terreno qui.

«Per una nuova casa?» Danica si abbassò per toccare l'erba, alta fino al ginocchio e morbida, ondeggiante nella brezza.

«No» risi e la toccai di rimando. «Per i luoghi di vacanza. Per piacere.»

«Un posto solo per il piacere» ripeté, mettendo entrambe le mani sulla pancia. «Straordinario.»

«Un posto dove venire per rilassarsi.» Gorde fece un passo avanti e indicò gli alberi aggraziati. «Lo senti?»

Ci fermammo tutti ad ascoltare, e lui continuò: «È un ruscello. Cristallino. Puoi berci. Nuotarci dentro.»

«Non ho mai imparato a nuotare.» Danica avanzò per esaminare l'acqua, gli occhi le brillavano. «Non è una cosa che il mio vecchio padrone...» Si fermò e strinse le labbra.

«Te lo insegneremo noi. Anche al piccolo.» Ero insolitamente eccitato. «Riesco giusto a immaginare le antenne del piccolo immergersi nell'acqua per la prima volta.»

«È una *lei*» mi corresse Danica automaticamente.

«Lo so, continui a dirlo, ma il dottor Daneth dice che

finora la maggior parte dei bambini umano-zandiani sono nati maschi» le ricordai. «Non illuderti.»

Il sorriso di Danica vacillò, poi si rafforzò. «Ci penseremo poi.» Mi toccò il viso, quasi esitante. «In questo momento mi piacerebbe godermi il tempo con voi due.»

«Si può fare.» Infilai la mano sotto la sua maglietta e le accarezzai il seno. «Chi siamo noi per dire di no alla nostra compagna?»

Abbassai le labbra per reclamare la sua bocca, ma non riuscii a scacciare quel pensiero fastidioso. Era uno schema che avrei dovuto notare prima.

Danica ci stava distraendo con il sesso da qualunque cosa la infastidisse.

Durante il viaggio di ritorno eravamo tranquilli, un silenzio confortevole. Danica canticchiava tra sé, una melodia che non riconoscevo, non che io fossi incline alla musica.

«Cos'è quella melodia?» chiesi.

Si fermò di colpo. «Non lo so.»

Gorde lanciò un'occhiata. «Magari l'hai sentita da altri, ehm, schiavi, forse?»

Danica scosse la testa. «No, non... non ricordo dove l'ho sentita.»

La nostra navicella emise un segnale acustico e rallentò, e risuonò un allarme automatico.

«*Kazo*» ringhiò Gorde. «Sembra che stiamo riscontrando un problema con il modulo del controller GPS. Sapevo che il team meccanico stava apportando gli aggiornamenti prima che fossero pronti.»

«Bene, diamo un'occhiata.» Sospirai. «Con tutto il lavoro

che io e te facciamo sui nostri caccia, sono sicuro che riusciremo a risolvere un semplice problema legato al trasporto.»

«Non abbiamo bisogno di affidarci al GPS» sottolineò Danica. «Possiamo semplicemente guidare noi.»

Finsi un sospiro di orrore. «Non dire una cosa del genere! Stiamo trascorrendo una giornata rilassante, Danica. Non un viaggio di lavoro. Per favore assicurati di onorare la differenza.»

«Oh, padrone, le mie umili scuse.» Lei ridacchiò e finse di inchinarsi davanti a me. «Perdonami se insinuo che dovresti usare una sola cellula cerebrale in questa gita di piacere.»

«Scuse accettate.» Strinsi gli occhi. «Se accetti di succhiarmi il cazzo duro più tardi.»

Lei strinse le labbra. «Hmmmm... sono d'accordo. Se tu, in cambio, mi leccherai finché non griderò di piacere.»

Non riuscii a evitare di sorridere all'idea della sua figa deliziosa. «Sono decisamente d'accordo.»

Gorde aveva già aperto il pannello ed estrasse il modulo, un piccolo dispositivo d'argento e fili. «Ecco il colpevole.» Lo girò. «Penso.»

Danica si affiancò in un istante. «Non è molto diverso dal modo in cui controlliamo la capacità di carica sul Phaser.» La sua voce era pensierosa e si toccò la guancia con l'indice.

«Mmh?» Gorde alzò le sopracciglia e sorrise.

Incrociò le braccia sulla pancia gonfia. «Oh, davvero.» Lei si accigliò, poi scoppiò a ridere. «Passami un robottool e ti mostrerò come ripararlo.»

«Oh, davvero?» Non potevo resistergli, ma allo stesso tempo, una parte di me sperava che avesse ragione. Certamente io non sapevo come risolvere questo problema al volo: ero sicuro che avrei potuto capirlo, con abbastanza tempo, ma ero curioso di vedere se Danica sapeva davvero di cosa stava parlando.

Gorde le diede il dispositivo e lei si chinò, con i capelli setosi che le ricadevano sulle spalle.

«Vediamo...» Aggrottò la fronte. «Oh guarda. Questo filo si è allentato.» Indicò con la punta dello strumento e Gorde si sporse, mettendo casualmente la mano sul suo sedere mentre lo faceva.

Lei rise e gli diede uno schiaffetto sulle braccia. «Presta attenzione. Il cavo non stabilisce un contatto costante con la connessione, motivo per cui lo schermo di controllo si interrompeva in modo intermittente. Vedi?»

«Capisco.» Ma Gorde stava guardando il suo viso, non il dispositivo. Era impressionato, e lo ero anch'io.

«Lo faccio io. Non dovresti lavorare con il materiale di saldatura. C'è del piombo dentro, e questo non può essere positivo per lo sviluppo del piccolo.» Recuperai gli attrezzi che mi servivano dall'armadietto. «Danica, tu sei... è incredibile.» Avevo il cuore gonfio.

Lei sorrise e agitò la mano, ma arrossì in viso e sfoggiò un sorriso felice. «Non è niente di che.»

«Non è niente di che.» Gorde la abbracciò. «Una compagna bella come le costellazioni telluriche, che partorisce i nostri figli e che è anche un genio? Come siamo stati così fortunati?» Le toccò il viso. «Siamo la squadra migliore di sempre. I tre esseri più felici su questo pianeta.»

E mentre ricollegavo il filo allentato, fissando la connessione in modo che la corrente lo attraversasse nel modo in cui doveva andare, quello che pensai tra me e me era che aveva ragione. Noi tre eravamo indissolubilmente legati e quando eravamo sincronizzati, come in questo momento, l'energia che scorreva tra di noi era la cosa più straordinaria che avessi mai sentito.

CAPITOLO TREDICI

D *anica*

«ALLORA L'ALTRA SERA?» Janette, una giovane umana che viveva nella cupola accanto alla nostra, abbassò la voce e mi mise la mano sul braccio, appoggiandosi. «I miei due compagni hanno provato questa nuova... cosa. E Madre Terra, è stato fantastico!» Tutto il suo viso si illuminò. Dovevo ammetterlo: tutte le femmine umane che avevo incontrato finora su Zandia sembravano contente della loro situazione.

«Oh, prendi altre fragole. Le coltivo utilizzando una miscela brevettata di fertilizzante che ho preparato io stessa. Indicò la sua serra ecodome, poi spinse il cestino verso di me.

«Sono buonissime.» Mi infilai in bocca un'altra bacca rossa e sulla mia lingua esplose una sinfonia di sapori. «Non lasciarmi in sospeso. Di che cosa parli?» Alzai le sopracciglia e le rivolsi uno sguardo severo. «Ora muoio dalla curiosità.»

Lei rise e guardò verso la sua piattaforma del sonno.

«Hanno preso questo dispositivo dal dottor Daneth che mi entra nel culo, come un plug, e vibra. Con un cazzo nella figa e quello nel culo? Oh, l'orgasmo è stato fenomenale. Dovresti prenderne uno per te e i tuoi compagni.» Annuì e lanciò un'occhiata nella stanza ai suoi piccoli gemelli, ragazzini umani che ridacchiavano e chiacchieravano insieme, pianificando guai.

«Attenta a quei due» dissi, con un sorriso, prima di pensarci bene. «Stanno progettando di arrampicarsi sul traliccio all'esterno della cupola durante l'ora del pisolino, quello per i rampicanti di ibisco. Pensano di poter costruire una tana lassù con le scatole delle provviste che avete buttato.»

«Che cosa?» inclinò la testa. «Come fai a saperlo?»

Il cuore mi si strinse nel petto e mi toccai la pancia. «Ah, eh... immagino di averli sentiti?»

«Quando?» Si sporse in avanti. «Sono stati dall'altra parte della stanza per tutto il tempo.»

«Ehm.» Pensai velocemente. «Quando stavi usando il dispositivo di comunicazione, forse? Si sono avvicinati un po'. Non sapevano che stavo ascoltando, immagino.»

«Oh. Beh, non è strano. Sono dei mascalzoni.» Rise, ma il suo viso mostrava orgoglio e gioia. «Scommetto che non vedi l'ora che nasca il tuo. Posso?» Mi mise la mano sulla pancia e annuii. «Oh, il piccolo si sta muovendo. Ricordo quei momenti.» Sospirò.

«Scommetto che i tuoi erano piuttosto aggressivi, però.» Guardai i due ragazzini, che ci guardarono con lo sguardo tipico dei bambini che stavano cercando di capire quanto potevano farla franca.

«Mi hanno preso a calci nelle costole così forte che quasi ne hanno incrinata una.» Scosse la testa. «Ma ne è valsa la pena. Il dottor Daneth ha dovuto aprirmi la pancia per estrarli, ma a quanto pare non è una procedura complicata, in effetti. E sono guarita bene.»

Tremai, pensando agli artigli di Akron, ai suoi occhi freddi. Il sudore mi scese sulla fronte e lo asciugai, facendo un respiro profondo.

«Ti danno un farmaco per non sentire nulla, Danica. Te lo garantisco. Nessun dolore, solo pressione. Ed è tutto finito in un batter d'occhio, davvero in fretta! Ti ricuciono senza sforzo e la ferita si chiude, come se non fosse mai stata lì. Se avranno bisogno di farlo, sarò al tuo fianco, va bene?»

Le presi la mano e annuii, cercando di ricompormi. «Grazie.»

Quando dimenticavo per un attimo il mio passato, tutto qui, ogni essere, era così perfetto, e potevo quasi illudermi portandomi a credere che tutto questo sarebbe stato mio per sempre. Provavo un amore così travolgente per questa vita: per i miei compagni. Per i nuovi amici. Per la mia libertà. Per la possibilità di imparare a codificare permettendo al mio cervello di espandersi. Per la possibilità di fare l'amore vicino al ruscello. La possibilità di mangiare con un'amica un frutto rosso pieno di sole e sapore. Piaceri semplici che non avrei mai potuto neanche sognare, se fossi tornata a servire Akron.

Ma non meritavo questi amici, i miei compagni, tutta questa vita. Era tutta una bugia. Avevo pensato che venire qui mi avrebbe fatto guadagnare tempo, ma tutto ciò che aveva fatto era stato farmi innamorare di tutto quello... a cui alla fine avrei dovuto rinunciare.

«Quindi ho sentito che stai facendo grandi cose con l'elettronica. Ti va di partecipare a un corso di matematica in cui insegnerò io? Sono pronta per iniziare le lezioni di calcolo a breve, e sto cercando di far iscrivere tutte noi donne umane.» Si mise in bocca un altro frutto.

«Mi piacerebbe.» Le sorrisi e finsi che il futuro fosse

sicuro. «Sembra perfetto. Oh! Oh.» Mi afferrai la pancia. «Questo è... hmmm.»

«Tutto ok?» Janette inclinò la testa. «Non arriverà prima di qualche mese, giusto?»

«Sì.» Non era un calcio, era più una stretta, una forte pressione. Come se il mio corpo si stesse contraendo. Feci un respiro profondo e lo trattenni, sollevata quando non successe una seconda volta. «Solo una cosa momentanea. Sto bene.»

«Sono contenta che tu sia qui.» Mi strinse la mano «Questa vita è molto più di quanto non mi sarei mai aspettata. E continua a migliorare.»

~

Gorde

«Volevi vedermi?» Bussai alla porta semiaperta, sbirciando nel laboratorio del dottor Daneth.

Si girò e fece un cenno. «Gorde. Accomodati.» Aggrottò la fronte mentre mi avvicinavo. «Ho bisogno di parlarti della gravidanza di Danica.»

«Che c'è?» La mia voce risultò aspra per l'ansia.

«Chiudi la porta.» Il dottore sbatté le palpebre dei suoi occhi color ametista e aspettò che lo facessi prima di parlare di nuovo. «Gorde, non credo che il piccolo sia tuo.»

«È di Benn?» Scoppiai a ridere. «Ne abbiamo parlato e questo non è un problema. Chiunque di noi sia il padre si assicurerà che...»

«No. Voglio dire, non è di nessuno di voi. Non è affatto zandiano.» La sua voce era fredda e calma, ma mi sembrò di vedere un lampo di compassione attraversargli il viso.

146

«No, non può essere vero.» Mi ribollì il sangue. «In base a cosa lo dici?» Feci un passo avanti, ringhiando.

«Stai indietro» sbottò, alzando una mano, e io mi fermai immediatamente. «Ho esaminato l'ecografia a fondo e ho utilizzato la mappatura delle informazioni per creare immagini 3D dettagliate. Questo è quello che ho trovato.» Sollevò il suo dispositivo olografico e fece lampeggiare le immagini a colori.

«Non capisco cosa stiamo guardando.» Alzai la voce per la frustrazione. «Spiegami cosa intendi.»

«Questo è il cuore.» Indicò. «Qui ci sono due gambe e due braccia, il che è positivo. La testa. Niente antenne.» Passò a una nuova immagine, questa più chiara, e per le stelle, mi sembrò che la piccola creatura fosse intelligente e carina, quasi come Danica. Ma mi si strinse il cuore in gola perché il piccolo aveva delicate scaglie verdi su e giù per le braccia. Orecchie a punta. Non era umano o zandiano.

«Che cos'è?» Scossi la testa, stordito per un momento.

«È una specie chiamata akroniana.»

Scossi la testa. «Non ne ho sentito parlare. Come sono?» Scorsi le immagini sullo schermo.

«Beh, dicono che i maschi siano estremamente violenti. Le femmine sono quasi inesistenti.»

«Non ha senso. Come può essere?» Un'altra immagine; in questa il piccolo aveva la bocca aperta e sbadigliava. Ero inorridito ed estasiato allo stesso tempo. Era come assistere a una battaglia cruenta: non mi piaceva, ma non riuscivo a distogliere lo sguardo.

«Si dice che uccidano le loro compagne dopo che hanno dato alla luce con successo un maschietto. Uccidono le bambine il 100% delle volte. Di solito uccidono la compagna se fa nascere una femmina solo come punizione per aver fatto loro perdere tempo.»

«Non ho mai sentito parlare di una cosa del genere.» Tremai.

Il dottore tossì. «Quando dico *compagna*, non si tratta proprio di una compagna. Prendono delle schiave e le tengono prigioniere per la riproduzione e le uccidono dopo che i piccoli sono nati.

Non riuscivo a comprendere ciò che stavo sentendo. «Che cosa? Perché?»

«Ha a che fare con la loro genetica.» Si schiarì la gola e la sua voce divenne più fluida, come se fosse entusiasta di insegnarmelo. «Quando i maschi akroniani scelgono di avere un maschio, non importa quale ospite utilizzino, il DNA risultante sarà solo akroniano. Ma se dalla riproduzione nasce una femmina, questa raccoglierà una parte significativa del DNA della madre. A quanto pare, le loro femmine possono utilizzare e adottare più fonti di DNA. Gli akroniani vogliono mantenere la loro stirpe pura e bellicosa. Non vogliono riprodursi con nuove caratteristiche. E non si legano con le compagne: vogliono solo figli maschi.»

«È ripugnante. Ma Danica …come?»

«Probabilmente ha concepito il bambino prima che voi la salvaste.» La sua voce era secca. «Ecco perché all'inizio pensavo che il feto fosse troppo grande. Era già incinta quando vi ha incontrati.» Rispose alla mia prossima domanda prima ancora che io potessi farla. «E ti garantisco che lo sapeva.»

«Come puoi esserne sicuro?»

«Dovrebbe aver già passato cinque cicli lunari, Gorde. Le sue mestruazioni avrebbero dovuto fermarsi e ci sono cambiamenti significativi nel corpo di una femmina che le fanno capire che sta avendo un piccolo. Suppongo di non poterlo dire con certezza al 100%, ma sono abbastanza sicuro che lo sapesse.»

«E non ce lo ha detto.» Ero confuso e arrabbiato. «Che stava portando in grembo un cucciolo. Da una specie violenta e aggressiva!»

Il dottore alzò una mano. «Noi non...»

Esclamai: «lo teneva come un virus malato dentro di sé, ci ha ingannati accoppiandosi con noi in modo che potesse portare quella cosa qui, su Zandia. Glielo abbiamo detto.» Spinsi un pugno nell'altro palmo. «Le abbiamo spiegato che gli unici esseri benvenuti su questo pianeta sono gli zandiani e le femmine umane.»

«Lei...»

«Lo ha completamente ignorato.» La mia rabbia era così totale che potevo sentire il sangue ruggirmi nelle vene. Gli presi il dispositivo dalle mani e scorsi le immagini. In una, la piccola creatura sembrava sorridere e non mi interessava la curva della sua mascella, che non era affatto come la mia. O quella di Danica. «Ha... *artigli?*» Scrutai lo schermo, accigliato.

«Sembra di sì, sì. I maschi akroniani hanno artigli affilati e retrattili. Di solito li usano per squarciare la loro compagna e, se necessario, la femmina che segue...»

«Basta.» La nausea mi tormentava lo stomaco e non riuscivo a capire se fosse dovuto all'inganno di Danica o alla mia delusione per il fatto che il piccolo non fosse zandiano. «Devo dirlo a Benn. Ho bisogno... *kazo.*» Gettai l'unità di comunicazione sulla superficie più vicina alla postazione del medico, e mi nascosi la faccia tra le mani. Quando alzai lo sguardo, il dottor Daneth stava facendo cenno a Bayla, che era entrata con gli occhi pieni di preoccupazione.

Questo mi fece arrabbiare ulteriormente: ero stato ingannato dalla mia compagna e dalle stelle, ora lo avrebbero saputo tutti. «Puoi lasciar perdere la compassione» sbottai. «Non ne ho bisogno, e neanche della tua pietà. Benn e io ci occuperemo di... questo.» Agitai la mano verso l'unità di comunicazione, le immagini. «Presumo che tu abbia già avvisato re Zander?»

Il dottor Daneth scosse la testa. «Va fatto, ovviamente, ma volevo dirlo prima a te. Lo terremo segreto finché non decideremo cosa fare.»

«*Kazo*.» Guardai il dispositivo, come se avesse delle risposte.

«Prendilo.» Il dottor Daneth si schiarì la voce. «Ti consigliamo di mostrarlo a Benn. E a Danica.»

«Giusto.» Afferrai l'unità e la infilai nella borsa, con le mani che tremavano. «Io...»

Non c'era altro da dire, quindi uscii a grandi passi, incapace di concentrarmi su nient'altro che questa rivelazione e il modo in cui la mia vita stava andando in pezzi davanti a me.

~

BENN

DANICA ERA ANDATA A TROVARE la nostra vicina, Janette, e a ritirare approvvigionamenti per il suo lavoro di elettronica, e sorrisi mentre guardavo il tavolo basso e lungo che usava come postazione di lavoro. Ero così orgoglioso di lei: aveva dimostrato di essere intelligente, efficiente e sembrava che ci tenesse davvero ad aiutare Zandia ad andare avanti. E ora, un piccolo! Cominciai a canticchiare la strana melodia che aveva cantato l'altro giorno, e rimasi sorpreso quando la porta si spalancò per rivelare Gorde, con gli occhi selvaggi e il viso rosso di rabbia.

Sollevò un'unità di comunicazione e la agitò. «Il piccolo non è nostro.»

«Che cosa?» Feci un passo avanti. «Non hai alcun senso. Chi...?» Ma dallo sguardo sofferente sul suo viso, lo sapevo già. «Non può essere vero.»

«Il dottor Daneth lo ha confermato. Il piccolo è quasi completamente cresciuto ed è akroniano, non zandiano. Guarda tu stesso.» Mi lanciò l'apparecchio e le immagini, una dopo l'altra, confermarono subito le sue parole.

«*Kazo*. Cos'è questo?» Mi spostai su una sedia e mi sedetti, stordito.

«*Te l'ho detto*» sbottò. «Un Akroniano. Apparentemente una creatura feroce e bellicosa che uccide le compagne dopo il parto. E uccide anche tutte le bambine. La nostra *compagna*» - e sottolineò la parola con pesante sarcasmo - «ci ha portato un dono di accoppiamento nel suo corpo, Benn. Una specie aliena, una specie che saremmo tenuti a uccidere prima di consentirgli di accedere sul nostro pianeta. E lei l'ha fatta entrare di nascosto. In casa nostra. Nelle nostre vite.»

Mi girava la testa. «È una femmina.» Guardai il piccolo essere. In una foto, un'immagine tridimensionale migliorata, sembrava quasi reale, come se fosse di fronte a me. Avrei potuto giurare che avesse il sorriso di Danica. Ma gli occhi, il viso, le orecchie... del tutto estranei.

Una stanchezza come non avevo mai conosciuto si impossessò del mio cuore. Affondai sulla sedia, lasciai cadere la testa all'indietro e chiusi gli occhi. «Io non so cosa fare.»

«Forse dovremmo mandarla via.» La voce di Gorde tremava.

Aprii gli occhi di scatto. «Dove dovremmo mandarla?» Ma non volevo nemmeno vederla in questo momento, quindi capivo perfettamente le sue emozioni.

«Jesel, suppongo. Non mi interessa dove. Ci ha ingannati. Non potrebbe importarmi di meno dove andrà a finire. Ma non posso parlarle adesso. Se la guardassi in faccia ora, tutto ciò che riuscirei a vedere è quella piccola bastarda.»

Un rumore proveniente dalla porta ci spaventò. Entrambi girammo la testa ed ecco Danica, uno sguardo colpito sul viso, la bocca aperta in una *O* silenziosa.

Le tremò la voce. «Lo sapete.»

«Sì. E non capisco come hai pensato di potercelo nascondere.» Gorde si alzò e camminò su e giù per la stanza, praticamente fumante.

Danica fece un passo indietro. «Non volevo... mi dispiace. Non sapevo cosa fare.» La sua voce era supplichevole, ma anche ferma. Stava in piedi e mise entrambe le mani sulla pancia. «E non è una bastarda. È mia.» Il suo tono era diventato feroce. «Non ha niente a che fare con Akron, non più. È diverso. Lei è diversa.»

«Ma ammetti che sapevi che stavi portando in grembo un piccolo di una specie violenta quando ti abbiamo incontrata. Prima che ci accoppiassimo.»

Lei annuì, lentamente. «È esatto.»

«È ingannevole.»

«Ho cercato di allontanarmi da voi.» Le si incrinò la voce. «Mi avete riportata indietro. Volevo salire sulla nave da trasporto, Gorde. Ma mi avete riportata indietro.» Ci guardò, gli occhi spalancati, il viso pallido. «Avete fatto l'amore con me. Avete detto di volermi.»

«Questo è successo prima che lo sapessimo.» Gorde si girò e diede un pugno al muro. *«Kazo.»*

«Se fossi rimasto con Akron, mi avrebbe uccisa. E avrebbe fatto lo stesso con la bambina.» Tossì. «Ecco perché sono scappata, ma sono stata catturata dai mercanti di schiavi e messa all'asta. Poi siete arrivati voi due.»

«E ci hai usati come scialuppa di salvataggio.» La voce di Gorde aveva un tono amaro.

«Vi amo.» La sua voce era supplichevole. «Non me lo aspettavo, ma è così. Davvero. Questo deve significare qualcosa.»

Non riuscivo a districare le mie emozioni. «Perché non ci hai detto che eri già incinta?» chiesi, avvicinandomi a lei. Mentre parlavo, tutto il peso della mia ira emerse dal mio tono. «Avremmo potuto riportarti indietro comunque. Chi lo sa. Ma ora?» Scossi la testa. «Sapere che ci hai ingannati? È impossibile andare avanti come prima.»

«Ero nel panico. Non avevo altra scelta.» Si asciugò gli occhi. «Ma voi mi avete scelta.» Colsi la miseria della supplica nella sua voce. «Vi importava di me.»

«Non più» ribatté Gorde. «Come posso sentirmi allo stesso modo dopo quello che hai fatto? Non riesco a capire tutto. L'inganno totale.»

«Pensavamo che fosse la nostra piccola. Noi...» Scossi la testa disgustato. «Tutti pensano che sia nostra. Cosa diavolo facciamo adesso? Diciamo a tutti che abbiamo una bastardina? *Kazo.*» Seppellii il viso tra le mani.

Le lacrime le salirono agli occhi e annuì lentamente. «Un giorno voi due avrete un vero figlio.» Guardò dall'uno all'altro. «E poi capirete perché l'ho fatto. E spero che, quando arriverà quel giorno, potrete ricordarmi con simpatia e forse anche con perdono.» Il respiro le si bloccò in gola. «Mi sono presa cura di entrambi e vi amo, davvero. Ecco perché è stato così difficile mentirvi, per tutto questo tempo.»

«Come puoi continuare a dire che ci ami?» Ruggii.

Lei sbatté le palpebre e sussultò. «Perché è così. Amo entrambi, e Zandia. Amo gli amici che ho conosciuto. Adoro poter fare un vero lavoro per il futuro. Adoro non essere una schiava.»

«Ma era tutto costruito su una finzione» scattò Gorde.

«*Kazo*, Danica, cosa dovremmo fare?» Sembrava tanto incerto quanto arrabbiato.

«Non lo so.» Fu interrotta da un singhiozzo e si schiarì la gola. «Ma non vi permetterò di uccidere la mia piccola. Non lo farò.» La sua voce acquistò forza. «Andrò dal re, se necessario, e lo implorerò per la nostra sopravvivenza. Potete mandarmi a Jesel o da qualche altra parte, ma non vi permetterò di fare del male a questa bambina. È intelligente, Gorde. Benn. È potente. Lei mi ha cambiata. E io ho cambiato lei.» La sua voce era selvaggia e feroce. «Non è più un'akroniana, non proprio. Almeno non nel suo cuore. Posso sentirlo. Lo percepisco.»

«Non la uccideremmo!» Ero sbalordito dalle sue parole. «Perché lo pensi?»

«Uccidete le specie violente. Me lo hai detto più di una volta. Me lo hai mostrato.» Abbassò la voce. Deglutì a fatica. «Avevo bisogno di darle una possibilità. Per vedere se poteva stare bene. Non volevo mentirvi. Madre Terra, mi ha uccisa, giorno dopo giorno, mantenere questo segreto. Avrei voluto dirvelo ogni singolo secondo. So che meritavate la verità. Per favore credetemi.»

«Sei un concentrato di bugie.» Gorde sogghignò e si avviò verso la porta. «Come possiamo fidarci di qualsiasi cosa tu dica da ora in poi?»

«È stata lei a salvarci tutti da Taxx.» La sua voce risuonò e Gorde si fermò, come paralizzato.

«Ve lo ricordate?» tirò su col naso e si asciugò gli occhi. «È successo tutto così in fretta e lui stava per farmi del male, ne ero sicura. Non era nelle sue intenzioni, ma la mano gli tremava troppo su quella pistola. E poi, non so come, ma io e la bambina... lo abbiamo fatto fermare. Lo abbiamo tenuto fermo in modo che voi poteste metterlo fuori gioco.»

«Non è possibile.»

«Non lo pensavo nemmeno io.» Deglutì a fatica. «Ma posso fare cose che non potevo fare prima di rimanere incinta. Non sono più la stessa. Ma non lo è neanche lei. E le piacete. Lei vi conosce già.» Aveva sguardo e voce imploranti. «Lei non è come suo padre. Lo giuro.»

«Non posso gestirlo in questo momento.» La parola *padre* mi distrusse completamente e all'improvviso mi sentii al limite a causa di parole e storie strane e nuove. Tutto quello che volevo era andarmene da questo posto, da questa situazione, da questo orribile pasticcio. «Me ne vado e non voglio vederti quando torno. Non voglio vederti mai più.»

Gorde urlò un'imprecazione. «Nemmeno io voglio rivedere te, né quella piccola. Mai nella mia vita. *Kazo* di spreco d'aria.» Lasciò la cupola, sbattendo la porta dietro di sé, salì sul nostro mezzo di trasporto e sfrecciò via.

L'ultima volta era stato Gorde ad avere bisogno di fare esercizio, ma oggi ero io lo zandiano a cui serviva scacciare i demoni dal corpo. Cominciai a correre, andando più veloce che potevo, in qualsiasi direzione si rivelasse aperta, finché non mi ritrovai a chilometri di distanza, con i polmoni in fiamme. Cercando di superare la mia mente e le immagini di lei nella mia testa.

CAPITOLO QUATTORDICI

D *anica*

Ero in clinica da sola, chiedendomi se potessi prendere le scorte di cui avevo bisogno e andare da qualche parte in privato, e la sensazione di schiacciamento ritornò. Questa volta capii che era una contrazione. Mi si strinse tutta la pancia e il dolore, qualcosa che non avevo mai provato prima, si amplificò attraverso le mie terminazioni nervose come fuoco liquido.

Gemetti e caddi a terra, stringendomi la pancia. Mi si girò il ginocchio mentre affondavo, pesante, e le mie articolazioni scricchiolarono, ma non era niente. Tutto quello che sentivo erano lame che mi pugnalavano dall'interno.

«Ahi!» La mia vista era tutta puntiforme e statica e vomitai, un sottile flusso di liquido acquoso caldo sul mento e sul seno.

«Danica? Madre Terra.» Era la voce di Bayla. Non

riuscivo a vederla, perché tutto sembrava galleggiarmi davanti, insieme ad esplosioni di rosso, nero e giallo. «Cosa ci fai qui?»

«Stavo cercando... aaaah» fu tutto ciò che riuscii a dire. Mi colse un'altra contrazione e ci caddi praticamente dentro, invocando pietà, sollievo. Non avrei mai potuto farcela da sola, ed ero felice oltre ogni immaginazione che lei fosse qui. «Aiutami per favore.»

«Chiamo il dottor Daneth» gridò. «Torno subito. Starai bene.»

La sua voce fece qualcosa di divertente, sfumando in ondate basse e profonde di rumore senza senso, e chiusi gli occhi per difendermi dai lampi di luce, come se ciò potesse attenuare il dolore.

Il tempo si distorse e l'attimo dopo il dottore era tornato con Bayla. Mi trovavo su un lettino da visita e le luci erano intense, come il sole, ma stavo congelando, tremando, tutto il mio corpo sussultava e si contorceva per le convulsioni.

«Chiama Gorde e Benn» disse qualcuno.

«Sollevatela in modo che possiamo iniettarle la soluzione nella colonna vertebrale. Ora.»

Poi il dolore magicamente scomparve e mi ritrovai in un mezzo sonno, un delizioso crepuscolo in cui tutti i suoni e i colori nella stanza erano magici, meravigliosi, rilassanti.

Poi fu come nel mio sogno, quell'incubo e mi svegliai, perché la mia bambina era qui e stava piangendo per me, cercando di raggiungermi, e c'era tantissimo sangue. Le stavano portando via, il suo visetto e quelle graziose braccine con le delicate scaglie verdi.

«No!» urlai con tutte le mie forze. «No! Non fatele del male! Per favore, vi prego, datele solo una possibilità. Vi prego!»

Delle mani mi trattennero, mi spinsero sul tavolo, costringendomi ad allontanarmi da lei, e mentre lei scompariva dalla mia vista, io urlavo, urlavo e urlavo.

Aprii gli occhi senza sapere dove fossi, né cosa fosse successo. Ero sdraiata in un letto, non nel mio. C'erano rivestimenti bianchi su di me. Si sentiva un leggero bip ed ero stanchissima. Più stanca di quanto non fossi mai stata. All'improvviso mi tirai indietro e mi sedetti, sussultando per il dolore che mi attraversava tutta la pancia, un fuoco sordo, come se qualcuno stesse versando sale su una ferita.

Sussultai e toccai il mio corpo, solo per trovare delle bende. Alla fine, mi avevano aperta?

«Aiuto» sussultai.

Bayla si materializzò con un tubetto di fluido. «Sorseggia questo» mormorò e mi avvicinò il tubo alla bocca.

Le allontanai la mano. «Dov'è la piccola? Dov'è? Le avete fatto del male? Devo andare a prenderla. Devo uscire da qui.» Cercai di alzarmi, ma anche far dondolare le gambe sul letto sembrava un compito impossibile. Sussultai e caddi all'indietro, ansimando. «Per favore, Bayla.»

Mi toccò la mano. «La tua piccola sta bene, Danica. È in un'incubatrice perché ha problemi respiratori, ma nessuno le farà del male.»

«Ma gli zandiani uccidono le specie violente. Nessuno è ammesso sul pianeta. Devo... proteggerla.» Ero senza fiato e la stanza girava.

«Re Zander ha detto che nessuno deve toccarla, Danica. Finché non sarà in grado di parlare con te e i tuoi compagni.»

«Nessuno la toccherà mai.» Provai a sedermi di nuovo.

«Danica, fermati! Ti stai facendo del male. Per favore, rilassati.» Bayla indicò un dispositivo con i parametri vitali, che segnalava il mio battito cardiaco e la pressione sanguigna. Entrambi alti.

«Ho bisogno di vederla.» Era l'unica cosa che mi interessava in questo momento. Lei e i miei compagni. Solo che, molto probabilmente, non li avrei più rivisti. Dopo un simile inganno? Non mi avrebbero perdonata. Probabilmente stavano già parlando con re Zander per sciogliere il nostro accoppiamento. Avrebbero scelto qualcun'altra. Forse avrebbero trovato la mitica donna zandiana che desideravano originariamente, o un essere umano migliore. Una femmina che poteva partorire piccoli completamente zandiani.

Le lacrime mi pizzicavano gli occhi, perché vedere questa cosa con i miei occhi mi avrebbe uccisa. Beh, se mai fossi riuscita a vederlo, prima di essere mandata via.

«Bevi i liquidi e ti porterò a vederla» disse Bayla; quindi, bevvi e gettai da parte il contenitore.

Mi mise su una sedia fluttuante e mi portò dall'altra parte della stanza, e lì persi di nuovo il cuore. Perché nella capsula, che somigliava alla capsula medica sulla navicella, con le luci che lampeggiavano in verde e rosso, si trovava la piccola creatura più bella che avessi mai visto. Quando mi avvicinai, lei aprì gli occhi e sorrise, e io cominciai a piangere.

«Piccola» sussurrai, e percepii che mi stava ascoltando, attenta nelle mie parole. «Ti amo» dissi.

Ti amo anch'io, mi ritornò, anche se non ero sicura di averla sentita. Ma sapevo che lei sentiva.

«Posso toccarla?»

Bayla esitò. «Suppongo di sì... I suoi parametri vitali sono stabili, sebbene i livelli siano diversi da quelli di qualsiasi altro essere con cui ho lavorato. Il battito e la sua pressione sanguigna sono assolutamente unici rispetto ai bambini zandiano-umani.»

Premette un pulsante e il coperchio della capsula si aprì con un sibilo.

La bambina sollevò con calma le sue manine, sei dita perfette su ciascuna, e le guardò. Tirò fuori gli artigli, li ritrasse, poi sorrise. Si tolse la maschera per l'ossigeno dal viso e fece un respiro profondo. Poi si toccò la testa, scostando i suoi lunghi capelli setosi, biondi come i miei.

Con mia grande sorpresa, c'erano due piccole antenne viola annidate lì!

«Che cosa…?» Sbalordita, mi rivolsi a Bayla, ma lei era sbalordita quanto me.

«Come può essere?» Mi chinai per toccare mia figlia e al primo contatto della mia pelle con la sua cominciai a piangere dall'emozione. Mi chinai e la presi in braccio, e lei si annidò tra le mie braccia emettendo versetti felici. Le sue antennine si rianimavano quando parlavamo.

«Non è zandiana. Come può avere le antenne?» Sbattei le palpebre guardando Bayla.

«Non lo so. Guarda, sta cercando di attaccarsi.» Bayla toccò la bambina. «A quanto pare non ha più bisogno del supporto.»

Bayla mi aggiustò la veste e aiutò la bambina ad attaccarsi al mio capezzolo, dove presto avrebbe iniziato a succhiare furiosamente.

«Non l'ho detto a nessuno.» Ero piena di senso di colpa e vergogna. «Ma ero una schiava del sesso.» Tremai per il disgusto, perché essere presa con la forza da Akron non aveva niente a che vedere con la passione amorevole che avevo con i miei zandiani. *Avevo.*

«Di un akroniano. Sono scappata perché la loro specie uccide la femmina riproduttrice dopo il parto. Dovevo scappare. Dare almeno una possibilità a me e alla mia bambina.» Guardai l'esserino tra le mie braccia, provando un amore travolgente per lei. «So che nessun essere può capirlo, e mi scuso per i problemi che ho causato accettando dei compagni qui. So che dovrò andarmene. Partiremo.» La bambina gorgogliò, allontanandosi dal mio corpo, per la mia improvvisa tensione.

«No, Danica. Non andrai da nessuna parte.» Bayla mi mise una mano sul braccio.

«Mi metteranno in prigione?» mi accelerò il battito. «Mandatemi via e basta, va bene? Sarà più economico e più facile, a lungo termine. Posso andare a Jesel, dove gli umani sono liberi. Prenderò mia figlia e mi rifarò una vita lì.»

«Danica.» Bayla si sedette e mi guardò negli occhi. «Capiamo più di quanto tu creda.» La sua voce era piena di emozione. «Ogni donna umana su questo pianeta si è trovata in una situazione impossibile. Non ti sto giudicando. Le vite che abbiamo condotto, i posti in cui siamo state? Ebbene, ci hanno portate a decisioni fin troppo facili da capire.»

«Lo rifarei.» La mia voce era dolce ma ferma. «Anche sapendo che mi lasceranno. Dovevo farlo, per lei. Merita la possibilità di avere qualcosa più di me. Di avere qualcosa di meglio di quanto non fosse suo... padre.» Odiavo chiamare Akron padre, ma che mi piacesse o no, aveva fornito metà del suo DNA.

Almeno, all'inizio.

Abbassai lo sguardo su mia figlia. Stranamente, le scaglie verdi sulle sue braccia brillavano di viola, come le sue antennine. «Non so come stia succedendo.»

Una voce risuonò dalla porta. «Danica?» Il dottor Daneth entrò a grandi passi. «Potrei avere una risposta per te.»

Si aggirò accanto al mio disco del sonno. «Il tuo precedente compagno era un akroniano. Le femmine di quella specie sono in grado di mescolare DNA proveniente da molteplici fonti, anche dopo la formazione dell'embrione. È una capacità unica nella galassia.

«Quindi quando Gorde, Benn e io... ah...» agitai la mano, arrossendo.

«Sì. Lo sperma zandiano ha influenzato lo sviluppo del feto e ha contribuito con materiale genetico alla bambina.»

«Quindi sono davvero anche i suoi padri. Entrambi?» Espirai, estasiata.

La bambina aprì gli occhi e sorrise, mi afferrò il dito con il pugno stretto.

«Dovrò rifare una mappatura genetica completa, ma credo che ora sia sicuramente in parte zandiana.» Il tono del dottore era professionale ma freddo. Sentivo che non era contento di questa situazione.

«In questo momento avete bisogno di riposare.» Bayla mi calmò e mi accarezzò la spalla. «Tu e la bambina, entrambe.»

Guardai verso la porta, allertata da un suono strascicato, ma non c'era nessuno. Il cuore fece un tonfo.

«Qualcuno ha avvisato...» Mi morsi il labbro.

Bayla distolse lo sguardo. «Riposati e basta» disse dolcemente, dandomi una pacca sulla mano. «Parleremo più tardi di cosa fare dopo.»

~

GORDE

NON C'ERA NIENTE come una missione per distrarre un guerriero dal suo dolore. *Il suo dolore.* Era meglio che ammaccare le travi metalliche di supporto della nostra cupola, cosa che io e Benn avevamo fatto da quando avevamo scoperto l'inganno di Danica.

Non riuscivo a liberarmi dalla nausea, dal malessere di sottofondo che mi seguiva dappertutto. Le vocine, *come vivrai senza di lei?*

Ma non importava. Non era chi pensavamo fosse. E se ci aveva ingannati su una cosa, chi poteva dire che non lo avrebbe fatto di nuovo?

«Andiamo io e Benn.» Non gridai, ma la voce mi uscì con così tanta potenza e convinzione che ogni essere nella stanza si voltò a bocca aperta. «La missione è nostra. Abbiamo preso noi Taxx e noi lo riporteremo indietro.» Strinsi il pugno. «Qualche obiezione?»

Il maestro Seke incrociò le braccia sul suo petto massiccio, per nulla impressionato dalle mie spacconate.

«Gorde, penso che dovremmo discu...»

Interruppi il mio partner. «Non credo proprio. Andiamo.»

Feci un cenno a Taxx, trattenendomi a malapena dallo strappargli la testa dal collo. Poi ricordai che ero altrettanto arrabbiato con Danica. E con me stesso, per essermi fidato di lei. Innamorato di lei. *Che stupido.*

«Starai seduto in silenzio accanto a me e a Benn e non alzerai un dito per toccare la navicella» ordinai a Taxx, mentre salivamo i gradini. «Perché sarai ammanettato. Rubare un velivolo non è la stessa cosa che addestrarsi per molti cicli solari per pilotarne uno. Non fare niente di stupido, altrimenti ti espelleremo nello spazio e ti guarderemo soffocare.»

«Inteso.» La sua voce era calma ma ferma.

«E quando arriveremo sul pianeta, uscirai per primo, come abbiamo deciso.»

«Volentieri.» Aveva un tono più forte ora e conteneva un accenno di eccitazione.

«Sai che probabilmente morirai, facendo questo.» Non edulcorai le parole.

«Sì.» Una risposta semplice e veloce.

«Eppure non ti tiri indietro?» Mi fermai a fissarlo.

Lui ricambiò lo sguardo, in modo piatto, senza battere ciglio. «Morirei per lei. Per loro.» Alzò il mento. «Mi dispiace di avere minacciato la tua compagna. Non stavo pensando in modo lucido.» Distolse lo sguardo, poi incrociò di nuovo il mio. Fece una smorfia. «Questa volta sto facendo ciò che è giusto.»

Strinsi la mascella, ma annuii. Salimmo a bordo della navicella e prendemmo posto. Benn ammanettò Taxx vicino alla console e lo zandiano si sedette in silenzio, anche se da lui si irradiava un'energia inconfondibile.

Mentre avanzavamo nello spazio nero come l'inchiostro, punteggiato da stelle lontane, scintillii e pulviscolo, dovetti chiederlo: «Perché non ce lo hai detto?» Sembrava essere una domanda comune, ultimamente.

Taxx ci pensò un attimo, fissando l'universo che scorreva davanti a noi. «Mi hanno detto che se vi avessi avvisati mentre venivate a salvarmi, ci avrebbero ucciso tutti. E che, se fossi tornato con i rinforzi, avrebbero ucciso immediatamente lei e i piccoli. Ma anche che, se fossi tornato con qualcosa di valore da barattare per le loro vite, lo avrebbero preso in considerazione. Ho dovuto cogliere l'occasione.»

«Ma sapevi che saresti finito dritto in una trappola.» Ero frustrato oltre ogni immaginazione. «Mettiamo il caso che fossi riuscito a raggiungere il tuo obiettivo e avessi preso Danica e la navicella. E che li avessi consegnati entrambi. A quel punto ti avrebbero ucciso e avrebbero continuato a tenere in schiavitù la tua compagna umana e i tuoi piccoli. Oppure avrebbero chiesto un riscatto.» Respirai, quasi senza fiato.

Alzò le spalle. «Ho dovuto provarci. Ho fatto la scelta sbagliata. Mi dispiace di avere tradito voi e Zandia. Non lo farò più. Ci sono modi per onorare il passato e il futuro allo stesso tempo. In quel momento non sono stato abbastanza intelligente da vederlo. Sono più saggio adesso.»

Benn sbuffò. «Startene in prigione a Zandia ti ha reso un saggio?» lo sbeffeggiò.

Taxx alzò le spalle. «Non avevo altro da fare che pensare.» Sospirò. «E quello che ho pensato è che la mia compagna sarebbe rimasta inorridita se avessi fatto del male a un altro essere umano per aiutarla. Vorrebbe che facessi qualcosa di onorevole, anche se ciò significasse mettermi in pericolo.» Deglutì. «E così eccoci qui.»

«Onore zandiano» riflettei. «La leggenda delle galassie.»

Taxx stava ancora guardando le stelle. «È una cosa che ci ha sempre contraddistinti. Oh, abbiamo i cristalli. La nostra forza. Le competenze. Ma il nostro codice morale è ben noto. Una specie che, alla fine, fa la cosa giusta non solo per sé stessa, ma per il bene della galassia.»

Il mio istinto si contorse. Mi ero comportato davvero da zandiano ultimamente? Ma la mia situazione era diversa. Sicuramente questo non aveva nulla a che fare con l'onore. Girava tutto intorno alla passione, quello che era giusto. Quello che non lo era.

E Danica era nel torto.

Dov'era adesso? Ero certo che fosse al sicuro. Bayla ci aveva informati che era in clinica e, una volta saputo questo, avevo pensato che avrei potuto ignorarla per un po'. Forse per sempre. Pensare a lei mi faceva fisicamente male al petto, un dolore davvero lancinante. Non avevo bisogno di questa *kazo* di miseria.

«Ci stiamo avvicinando a Hectan-3.» La voce di Benn era tesa. «Travestiti ancora una volta da cacciatori di taglie. Mettetevi le nuove maschere facciali.»

Gli ocreziani si vantavano spesso della loro tecnologia di

riconoscimento facciale IR all'avanguardia. *Idioti vanaglo-riosi.* Fortunatamente, avevamo l'ingegnere umano Gene-vieve e il suo team, che avevano rapidamente creato maschere facciali capaci di confondere le nostre identità e di farci sembrare bensai, una specie dal carattere equilibrato che veniva generalmente isolata dalla maggior parte delle specie, compresi gli ocreziani.

«Eccoci» avvertì Benn e sganciò le manette di Taxx. Tutti e tre indossammo le maschere, sistemandole perché si adat-tassero. Rimasi stupito di come gli altri due zandiani si fossero trasformati davanti ai miei occhi. Se non lo avessi saputo, onestamente non avrei capito che erano miei fratelli, almeno non finché non si fossero avvicinati per permettermi di sentire l'attrazione della loro energia cristallina.

«Erano detenuti nella struttura più piccola sul retro della prigione principale» disse Taxx, anche se ce lo aveva già detto durante il debriefing. Capii che era nervoso dal modo in cui batteva il piede e le mani. Dal tremito nella sua voce. «Così nessun altro lo avrebbe saputo né avrebbe provato a sottrarli ai rapitori.» Strinse i pugni. «Non so come stanno.» Poi fece un respiro profondo. «Quanto tempo ci vorrà prima che gli ocreziani si rendano conto che non siamo cacciatori di taglie bensai?»

«Non più di un minuto dopo che ci saremo avvicinati all'edificio, quindi dovremo muoverci velocemente.» Aprii l'armadietto e tirai fuori le armi, distribuendole agli altri due zandiani. «Conoscete tutti il piano?»

Benn annuì. Anche Taxx lo fece. Gli era stato offerto di assumere il ruolo del martire: sarebbe entrato per primo; poi, se fosse sopravvissuto, sarebbe rimasto indietro e avrebbe allontanato eventuali inseguitori, tornando al velivolo solo se era sicuro. Una parte di me era colpita dalla sua dedizione. L'altra parte di me voleva ancora ucciderlo a mani nude.

Il fetore di Hectan-3 era disgustoso come la prima volta che eravamo stati qui e mi facevano male le narici mentre portavamo la nostra imbarcazione terrestre vicino al complesso carcerario. Questa volta evitammo il cancello principale e seguimmo le indicazioni di Taxx per trovare l'edificio più piccolo vicino al gruppo di massi e tritarifiuti. Era abbastanza lontano dalla prigione principale, lungo una debole scia polverosa di rocce, quasi completamente nascosto dai macchinari abbandonati.

«Potremmo essere fortunati.» Fermai la navicella dietro una scavatrice arrugginita, con il serbatoio chiuso a chiave, cristallizzato sul posto come un colosso preistorico sulla terra rossa spaccata.

«L'hanno nascosta bene.» La voce di Taxx tremava. «Le umane e i piccoli zandiani sono entrambi molto redditizi. La guardia che li ha, non li ha registrati sui libri contabili e non voleva che altre guardie glieli portassero via. Combattono come vipere, gli ocreziani. Non c'è fiducia tra ladri.»

«Gioca a nostro favore.» Benn controllò la sua arma. «Pronti?»

Annuimmo tutti.

Benn mi guardò, poi guardò Taxx. Alzò il braccio nel tradizionale angolo di novanta gradi. «Lottate duramente, fratelli. Per Zandia.»

«Per Zandia» ripetemmo alzando il braccio.

Taxx mi guardò a lungo. «Sistemerò le cose» disse. Si girò sui talloni e saltò giù dalla navicella, aggraziato e forte, e corse verso l'edificio argentato, con l'arma alzata. Era veloce e agile e restammo a guardare per un momento per vedere se ci avrebbe fatto qualche tiro prima di seguirlo.

Tutto taceva intorno a noi, anche se si sentivano in lontananza i gemiti e le esplosioni delle operazioni minerarie, e i rumori casuali della prigione. L'unico altro rumore erano i nostri piedi e il nostro respiro, e quando raggiungemmo l'edificio ci accostammo ad esso, sul lato in ombra. Il tramonto arrivava rapidamente su Hectan-3 ed era quasi alle porte.

«La porta da usare è quella di sinistra. È quella che hanno usato quando... mi hanno portato dentro.» La voce di Taxx era aspra. «È protetta da una registrazione vocale di livello tre, ma hanno sempre utilizzato i dispositivi di disabilitazione. Pigri.»

Regolai il mio storditore al livello necessario per distruggere la serratura elettronica. «Questo farà scattare gli allarmi. Muovetevi velocemente.» Feci saltare la serratura della porta, con una leggera esplosione brillante, quasi accecante, mentre il metallo si scioglieva, e l'odore dell'acciaio fuso mi colpiva la parte posteriore del naso.

«Via! Via! Via.» La voce di Benn era urgente, ma Taxx era già dentro, illuminava l'area con la sua torcia, mentre attraversavamo di corsa l'anticamera diretti verso una sala principale.

«Mikala!» Il tono nella sua voce che mi trafisse il petto, e poi le grida di una donna umana e di due bambini piccoli riempirono la stanza.

Taxx cadde in ginocchio accanto a una branda sporca. «State tutti bene? Amore, sei ferita? Sono qui. Ci sono io. Andrà tutto bene. Promesso.»

«Sei venuto per me. Per noi. Sei venuto. Taxx.» L'umana era raggomitolata sul letto, debole, ma i suoi occhi brillarono alla luce. «Ti amo. Amore mio.» Si allungò per toccargli il viso, con la meraviglia negli occhi. Era uno scheletro: magra, denutrita.

I due bambini rannicchiati vicino a lei non potevano avere più di qualche ciclo solare: erano terrorizzati; gli si leggeva in volto e nel modo in cui le antenne si appiattivano sulle loro teste. Quando videro Taxx, sorrisero e urlarono, lanciandosi contro di lui, aggrappandosi a lui, lottando con mani e piedi per avvicinarsi.

L'umana cercò di alzarsi, ma non ci riuscì: sussultai, vedendo che era ferita. C'era sangue, incrostato, vecchio. Non volevo sapere cosa le avevano fatto. Almeno i piccoli sembravano illesi, anche se terrorizzati.

«Dobbiamo andare» sbottò, mentre un allarme squarciava l'aria, spaccandoci i timpani, e le luci lampeggiavano a breve distanza.

Taxx spinse i bambini verso Benn. «Andate con lui, figli. Si prenderà cura di voi. Vi terrà al sicuro.»

Benn li afferrò. «Coprimi» ringhiò, e io alzai l'arma. «Taxx, prendi la tua compagna.»

Eravamo quasi arrivati alla navicella quando li vidi: tre ocreziani, armati di shock stick e storditori, che correvano verso di noi.

«Più veloce» gridai, e Benn si precipitò su per le scale con i due piccoli zandiani. Non c'era tempo per guardarmi alle spalle, ma guardai comunque. «Taxx, sbrigati con Mikala!» urlai. «Abbiamo quindici secondi.»

Mentre parlavo, Mikala inciampò; nella sua condizione indebolita, con la gamba maciullata, semplicemente non riusciva a muoversi correttamente.

«Taxx!» urlò, guardando lui, solo lui, per tutto il tempo. Tutto il suo corpo irradiava amore, preoccupazione. «Taxx!»

Non c'era tempo: lo sapevo io, lo sapevamo tutti.

«Prendila» gridò Taxx con voce roca. «Prenditi cura di lei per me, Gorde. Dì alla tua compagna che mi dispiace.» Alzò la sua arma e si mise tra Mikala e gli ocreziani che si avvicinavano.

«Taxx, no!» La voce di Mikala era concitata.

La presi tra le braccia, non pesava nulla. Una piuma.

Corsi verso la navicella, ansimando, e lei si girò tra le mie braccia. «Mettimi giù!» mi ordinò.

«Non puoi aiutarlo» sbottai. «Pensa ai tuoi figli.»

«Sto pensando a loro!» La sua voce era feroce. «A sinistra. Guarda.»

Fu allora che lo vidi: un altro ocreziano sfrecciò fuori da dietro il vasto scheletro di uno scavatore. Era quasi alla porta del nostro mezzo quando l'umana tra le mie braccia fece una specie di torsione e si alzò in piedi, agitando le braccia, attirando la sua attenzione. «Quaggiù!» gemette, saltando sul suo unico piede buono. «È me che vuoi.»

Si girò e le sparò, lasciando abbastanza tempo a Benn per spargarli alla testa, e quando scivolò giù nell'oscurità del terreno, anche lei tremò e barcollò, ansimando.

La portai accanto a Benn e guardai indietro per cercare Taxx. Potevamo usare un'arma a lungo raggio e colpire gli ocreziani, avvicinarci e afferrarlo mentre tornavamo alla nostra navicella principale.

Ma il suo corpo giaceva immobile a terra e lo capii: se n'era andato. Anche la sua compagna lo capì, e crollò in singhiozzi, incoerente, inconsolabile, mentre tornavamo alla navicella.

~

BENN

QUESTO VIAGGIO ERA STRANAMENTE simile al precedente. Questa volta, però, nella capsula medica c'erano i due figli di Taxx. Dopo essersi rifiutati di sdraiarsi, piangendo per la madre, ora erano seduti con il coperchio aperto, tenendosi per mano e guardandosi attorno.

Non ero un esperto, ma immaginavo che l'energia dei cristalli li avrebbe aiutati, indipendentemente dalla loro posizione. Almeno non stavano urlando.

Avevamo anche un essere umano. La loro madre, Mikala, era debole e malata e, nonostante l'assistenza medica di base che le avevamo fornito, aveva chiaramente bisogno di cure mediche più avanzate. Il colpo che aveva ricevuto dall'ocreziano l'aveva indebolita e dovevamo riportarla dal dottor Daneth il più rapidamente possibile.

Le avevamo dato cibo e liquidi e avevamo utilizzato le migliori scorte mediche che avevamo a portata di mano, ma una volta che aveva visto che i suoi piccoli erano al sicuro, era sprofondata nel disco del sonno, dondolandosi e gemendo tra sé. Ripetendo il nome del suo compagno morto. *Taxx.* *Taxx.*

Quando l'adrenalina iniziò a scemare, divenni nervoso per le scosse di assestamento e feci diversi respiri per calmarmi. «Perché non riesce a riprendersi?» Indicai Mikala.

Gorde grugnì. «È sopraffatta. Emozioni umane.»

«Dovremmo darle un sedativo?»

«Il dottor Daneth ha detto di no. Gli ho parlato tramite il dispositivo di comunicazione. Ha detto che, se possibile, se non va fuori di testa, di aspettare fino al nostro atterraggio.»

Annuii, ma anch'io mi sentivo sopraffatto. Non avevo un grande amore per Taxx, ma il modo in cui si era sacrificato per i suoi figli e la compagna, per dare loro una possibilità di vivere su Zandia? Era stato nobile e, indipendentemente dalle sue azioni passate, lo ammiravo per questo.

Mi avvicinai e mi accovacciai vicino a Mikala sulla piattaforma per dormire. «Sei al sicuro qui» le dissi di nuovo.

Non rispose, ma almeno smise di cantilenare. Le sue dita nude si stringevano e si arricciavano.

«Mi dispiace per il tuo compagno. Taxx...» Presi fiato. «È

morto salvando la tua vita e quella dei tuoi figli. È un buon lascito.»

Adesso alzò lo sguardo e, anche se il suo viso era sporco e incrostato, riuscii a vedere la sua bellezza. Non era come Danica, ma era carina a modo suo. «Non è giusto.» La sua voce vacillò. «Ha fatto tutto bene.»

Distolsi lo sguardo. *Non tutto.* «Ha fatto del suo meglio. Ricorderai questo di lui e lo insegnerai ai tuoi figli. Saranno al sicuro su Zandia, e lo sarai anche tu.»

Annuì, ma il suo sguardo era cupo.

«Nessuno ti farà del male lì.»

«Ma i miei figli.» Fece un gesto. «Non sono... non avranno un padre. Saranno lo stesso i benvenuti?»

«Ovviamente.» Risposi automaticamente. «Tutti gli zandiani sono benvenuti e desiderati. Anche le femmine umane. Perché...» Poi esitai. Sarebbe stato sconsiderato parlare di un altro compagno per lei, dopo che aveva appena perso Taxx.

«Perché siamo compagni compatibili.» Si guardò i piedi. «Me lo ha detto Taxx.» Le si spezzò la voce e la sua piccola mano strinse la veste sporca. «Ma quale essere vorrebbe una compagna umana che ha già dei piccoli da un altro maschio? È una cosa che non potrò mai cambiare.»

Senza pensare, le presi la mano, non con passione, ma con compassione. «Ci sono tutti i tipi di famiglie, Mikala. Potresti trovare il compagno perfetto che vuole te e i tuoi piccoli. Le strinsi la mano. «Perché gli piaci così come sei. Senza cambiare nulla.»

Poi trattenni il respiro mentre mi veniva in mente un pensiero.

Lei inclinò la testa, interrogativa. Anche nel mezzo della sua disperazione, lei, come gli altri umani, *come la mia umana*, era piuttosto perspicace.

Scossi la testa. «Perché non ti lavi e non ti metti abiti puliti? Vuoi mangiare?»

Continuai con voce suadente e morbida. «Se ti prendi cura di te stessa, potrai prenderti cura meglio dei tuoi piccoli. Giusto?»

Alla fine annuì. «Grazie. Sì.»

Mentre si muoveva per prendersi cura dei suoi bisogni e dei suoi piccoli, mi sedetti per un momento, perso nei miei pensieri. Mi chiesi che *kazo* stavo facendo della mia vita.

~

DANICA

«IL RE TI RICEVERÀ ADESSO.» Bayla mi sorrise e mi toccò il braccio. «Non preoccuparti» aggiunse sottovoce. «Andrà tutto bene.»

No, non è vero. Non lo dissi ad alta voce perché Bayla era troppo dolce e non volevo disturbarla. Niente andava bene.

La piccola si dimenò tra le mie braccia. *Calma, mamma.*

«Va tutto bene» sussurrai, piazzandole un bacio sulla fronte morbida. Lei ridacchiò e sbatté le palpebre con i suoi occhi ametista, così simili a quelli di entrambi i suoi padri.

Questo pensiero mi provocò una fitta al petto, così dolorosa che dovetti fermarmi per un attimo. Inspirai e andai avanti. Prima finivo con questa cosa, meglio era. L'ansia di non conoscere il mio futuro mi stava uccidendo.

Mentre entravo nella Sala Grande del palazzo per incontrare il re, strinsi la mia bambina e feci un inchino, abbassando gli occhi. «Mio Signore.»

«Danica.» La sua voce non sembrava arrabbiata o aggressiva. «Stai bene?»

Feci saltellare la bambina, anche se non era irrequieta. «Mi sento bene.» Allattare la bambina mi aveva dato un'energia inaspettata e la mia ferita sembrava essere guarita in modo incredibilmente rapido. «Grazie per avermi ricevuta, mio signore. È importante che io parli con te.»

Alzò un dito e uno dei servi anziani mise una poltrona davanti al trono. «Puoi sederti.»

Non stava guardando me, però: i suoi occhi erano incollati sulla mia piccola, mentre la esaminava. La strinsi un po' più forte. Avevo i nervi in allerta. Se avesse cercato di portarmi via questa piccola... beh, non so cosa avrei fatto. Ma non sarebbe stato bello.

«Il dottor Daneth ha detto che è nata verde. Adesso è viola.» Si avvicinò. «Ha anche gli occhi viola. Per le stelle.» Si interruppe e sbatté le palpebre. «È incredibile.»

Deglutii e annuii. «Sì lo è.» Avevo la voce strozzata.

«Ha detto che non è rimasta quasi traccia del DNA akroniano e che il segmento genetico della violenza è completamente mancante.»

«Lo sapevo.» Ero ansiosa di spiegarmi. «Lo sapevo, mio signore. Me lo ha detto lei che era buona e simpatica. Mi ha chiesto di tenerla al sicuro.»

«Eppure non l'hai detto a nessuno.»

«Come potevo? Chi crederebbe ad una cosa del genere? Io stessa l'ho capito a malapena.» Me la strinsi tra le braccia. «Ma col passare del tempo, ho creduto che sarebbe stata gentile e carina. Avevo solo bisogno che lei avesse una possibilità. Avevo paura di dire la verità, perché...»

Incrociò il mio sguardo con aria seria. «Perché hai servito un padrone akroniano. Una delle specie più violente, temute e instabili dell'intera galassia.»

«Sono scappata per salvare la mia vita e quella della mia bambina non ancora nata.»

«Non hai detto ai miei guerrieri che eri già incinta quando ti hanno accettata come compagna.»

«No.»

Lui aspettò, quindi continuai. «Mi dispiace per l'inganno, ma in quel momento sembrava la mia migliore possibilità di sopravvivenza. E la sua.» Feci un cenno a mia figlia. «Mi farà sempre male il cuore il fatto di aver ingannato loro e te, ma non mentirò. Rifarei tutto da capo se la situazione fosse la stessa.»

Mi alzai in piedi. «Capisco se desideri mandarmi via. Ti chiedo di essere mandata a Jesel o in un altro territorio neutrale. Per favore, non vendere me e mia figlia come schiave.» Tremai, una scia fredda mi corse lungo la schiena.

Aggrottò la fronte. «I tuoi compagni ti hanno abbandonata?»

Chinai la testa. «Sì, mio Signore. Non credo che mi perdoneranno.»

Mi guardò a lungo. «Potrebbero non farlo» concordò, e mi sembrò di vedere una certa compassione sul suo volto. «Dovrai chiedere a loro.»

«Non posso.» Guardai mia figlia. «Non erano presenti alla sua nascita. Non desiderano vedermi. Lo hanno detto chiaramente.»

Il re si alzò dal suo grande trono e si allontanò. «Sono impegnati in una missione di salvataggio, Danica. Non sapevano che stavi facendo nascere la piccola.»

«Oh.» Provai sollievo per un secondo, poi ritornò la disperazione. «Anche se lo avessero saputo, le nostre ultime parole…. non sono state gentili.» Mi venne una lacrima agli occhi. «Allora, vado a Jesel?»

Un tempo era stato tutto ciò che volevo. Adesso l'idea di lasciare Zandia mi lacerava. Ma era la mia unica opzione.

«È questo quello che desideri?» Si girò a guardarmi.

Rimasi sorpresa che mi chiedesse cosa desiderassi. Sicuramente non era quello che desideravo, ma era l'unica opzione che vedevo. Perché sarei dovuta rimanere a Zandia se Benn e Gorde non mi volevano?

«Organizzerò una navicella da trasporto per entrambe, allora, non appena il dottor Daneth vi avrà autorizzate a viaggiare.»

«Il dottor Daneth ha detto che sono a posto» mentii. Perché non potevo sopportare di restare qui per un'altra rotazione del pianeta.

Re Zander strinse gli occhi, come se sapesse che stavo mentendo, ma prima che potessi raccontare un'altra storia, qualcosa mi balenò in mente. Un suono.

Mi misi una mano sulla testa e feci una smorfia.

«Danica?» Il re si avvicinò, con espressione preoccupata. Fece un cenno con la mano e uno dei servitori si precipitò in avanti per spostare la sedia sotto di me.

«No.» Scossi la testa, aggiustando la bambina con l'altra mano. Si dimenò e all'improvviso si concentrò su di me, su noi due. Ascoltando. Con lei al mio fianco il rumore si amplificò e all'improvviso capii di cosa si trattava.

«Gorde e Benn. La loro navicella è nei guai. Lo sento.» Trattenni il respiro.

«Danica, sono ancora nel territorio dei Ramban» disse accigliato. «Non torneranno prima di qualche ora. Non è possibile sentire nulla. E» aggiunse, «all'ultimo rapporto, stavano bene.»

Bayla entrò e lui le fece cenno di avvicinarsi. «Danica potrebbe avere dei problemi post-partum» disse sottovoce. «Per favore, aiutala a tornare all'infermeria per un controllo e chiedi al dottor Daneth di avvisarmi quando sarà autorizzata a viaggiare.»

«Devi ascoltarmi.» Alzai la voce. «A volte sento delle

cose. Cose che prima non potevo fare. Penso che sia il suo effetto. Feci un cenno a mia figlia. Lei gorgogliò come se fosse d'accordo con me.

Re Zander alzò le sopracciglia. «Precognizione? Come la mia regina?»

«No» sbottai, impaziente.

«Danica.» La voce di Bayla era calma. «Stai avendo un'allucinazione. Possiamo aiutarti.»

«Non è un sogno» risposi. «L'ho sentito. C'è qualcosa che si avvicina a loro. Devi dirglielo.» Sussultai e chiusi gli occhi mentre il suono si ripeteva. «È una nave da guerra, che arma missili.»

«Come fai a riconoscere quel suono?» La voce di Bayla era dubbiosa, ma il re mi osservava pensieroso.

Sbattei le palpebre. «Il mio vecchio padrone si divertiva a guardare ologrammi cruenti.» La mia voce era tesa. «Per terrorizzarmi. Mi diceva che, se non fossi rimasta incinta presto, mi avrebbe lasciata alla deriva in una capsula fittizia e avrebbe detto alle navi vicine che ero un bersaglio di prova gratuito. Mi riproduceva tutti i suoni dei caccia e mi chiedeva quale avrei voluto fosse l'ultimo suono che avrei mai sentito in questa vita. Me li faceva citare uno ad uno se volevo evitare di essere picchiata. Credimi, conosco il rumore.»

«Danica...»

«È un caccia di classe S con missili destroyX a lungo raggio» mi affrettai ad aggiungere. «Piuttosto vecchio, ma abbastanza efficace. Favorito dai pirati sotto copertura di Ocrezia.»

Re Zander aggrottò la fronte ma alzò un sopracciglio. «Questo è, infatti, il loro mezzo preferito.»

«Senti, comunica con loro e basta» lo implorai. «Se sbaglio, non creerà problemi. Ci vorrà solo un secondo per controllare. Ma se ho ragione...» mi zittii. Potevano anche non essere più miei compagni, ma non potevo sopportare il pensiero che morissero. «Una sola chiamata. Tornerò in infermeria e non ti disturberò più.»

Esitò, poi si girò verso la guardia accanto a lui. «Fai la chiamata.»

CAPITOLO QUINDICI

G *orde*

«A COSA STAI PENSANDO?» Mi rivolsi a Benn, quasi sicuro di saperlo già, data l'espressione del suo viso.

«A Danica.» Sospirò. Rimanemmo in silenzio per un minuto, l'unico rumore era il debole ronzio del nostro motore mentre sfrecciavamo verso Zandia sulla nostra navicella di salvataggio.

Spostai lo sguardo; l'umana salvata e i suoi due piccoli dormivano profondamente sulla piattaforma del sonno nell'alcova più lontana, con una coperta da volo argentata drappeggiata su di loro, ma abbassai comunque la voce. «In particolare?»

«Quando stavo parlando con lei» – indicò la femmina umana – «con Mikala, ho capito che siamo stati troppo duri con Danica. Almeno, *io* sono stato troppo duro.»

Non risposi. E continuò: «Ho detto a Mikala che ci sono tutti i tipi di famiglie in questa galassia.» Si contrasse un muscolo del collo. «Forse… siamo stati troppo frettolosi nel respingere Danica. Forse noi tre potremmo far funzionare le cose in qualche modo.»

«Stai dicendo che potresti accettare la piccola di un'altra creatura?» alzai la voce, anche se avevo pensato la stessa cosa.

«Forse.» Inclinò la testa.

«Non volevi nemmeno un'umana, tanto per cominciare» lo schernii. «Ora sei disposto ad aggiungere un akroniano al mix?» Ma ripensai alle immagini su quell'unità di comunicazione. Quel viso piccolo, le braccia verdi, il sorriso. Il sorriso di Danica. Qualcosa mi si strinse nel petto. «Anche se suppongo che non sia del tutto akroniana a questo punto. Giusto? Ha anche qualcosa della madre.»

Lui annuì. «Sì. Voglio dire, non sembrava... del tutto spiacevole.»

«No» concordai subito. «In realtà era in qualche modo accettabile. Per essere verde. E squamosa.»

«C'era quell'immagine in cui aveva la bocca aperta, come Danica quando dorme.» Rise.

«Quella in cui aveva gli occhi chiusi. Sì. Sembrava Danica.» Sorrisi, ricordando come Danica a volte russasse – molto leggermente – e si arrabbiasse incredibilmente quando la prendevamo in giro per questo.

«E se qualcuno parlasse? Lo farei tacere.» Alzò i pugni e ringhiò.

Annuii. «Se accettassimo lei e la piccola, sicuramente lo farebbero anche gli altri.»

«Perché dovrebbe essere un grosso problema?» Alzò le spalle. «Dopo tutto, è solo un essere tra tanti. Zandia non è noto per il nostro onore, come abbiamo detto? Cosa c'è di più onorevole che dare una possibilità a un altro piccolo essere?»

Sorrisi, poi l'euforia svanì. «Ma ci ha ingannati. E non abbiamo idea di come sarà questa creatura, nella sua personalità.» Mi si tesero le spalle.

«Se sarà come lei, sarà deliziosa. E possiamo forgiarla man mano che cresce, per insegnargli a onorare Zandia e tutti coloro che sono qui. E potremmo avere altri piccoli.» La voce di Benn era leggera. «Non c'è motivo per cui non possiamo avere un intero branco di zandiani, se è ancora fertile.»

«Vero.» Lanciai di nuovo un'occhiata a Mikala. Ricordai come si fosse messa in pericolo per salvare i suoi figli senza nemmeno pensarci due volte. Come se fosse istintivo. Come respirare. Era esattamente quello che aveva pensato Danica della sua piccola. «Gli esseri umani amano i loro piccoli con molta forza. E se Danica amerà i successivi tanto quanto ama la prima…»

Lui annuì. «Esattamente. È il tipo di madre di cui abbiamo bisogno per i piccoli zandiani.»

Evocai la sua immagine nella mia mente. «Probabilmente lo partorirà presto.» *La.* La piccola. Ricordai la paura di Danica quando avevamo parlato per la prima volta con il dottor Daneth. «Pensi che avranno bisogno di... aprirla? Per tirarla fuori?» provai una sensazione di freddo dentro, in un modo che non avevo mai sentito in battaglia. Nemmeno su Hectan-3, nel combattere gli ocreziani. Tremai.

«Non lo so.» La voce di Benn era incerta. «Il dottor Daneth ha detto che gli akroniani usano i loro artigli per fare a pezzi le compagne e disfarsene. Forse aveva paura di questo?»

«*Kazo.*» Mi sentii male dal senso di colpa. «E l'abbiamo lasciata sola. Dobbiamo tornare lì per sostenerla. Qualunque cosa accada, dobbiamo essere al suo fianco quando avrà bisogno di noi.»

«Se anche lei ci vuole ancora. L'abbiamo lasciata sola e le abbiamo detto cose orribili.» La voce di Benn si inasprì. «Forse preferirebbe compagni diversi, più premurosi.»

«Non avrà altri compagni!» gridai, poi abbassai la voce quando Mikala si agitò e gemette nel sonno. «Non esiste. Ce la riprenderemo, Benn. Lo giuro.»

«Se possiamo.» Si girò verso la console. «Che cos'è?»

«Chiamata in arrivo da Zandia. Frequenza di emergenza.» Presi l'unità. «Qui Gorde, e Benn.»

«Controllate il vostro perimetro.» La voce del maestro Seke risuonò nell'area tramite l'altoparlante. «Assicuratevi che la barriera di invisibilità sia attiva. Controllate se ci sono scie.»

«Lo facciamo subito.»

Benn e io entrammo in azione.

«Niente» riferì Benn, con un filo di tensione nella voce. «Ho fatto un controllo a trecentosessanta gradi e non c'è niente nel raggio cinquanta l-seg. Lo spazio aereo è pulito.»

«Controllate di nuovo.» La voce di Seke era insistente. «Utilizzate la tecnologia di sorveglianza appena installata.»

Quando il nostro comandante ordinava, noi obbedivamo, ma aggrottai la fronte mentre le mie dita volavano sulla console. «Cosa sto cercando?»

«Un caccia di classe S con missili destroyX a lungo raggio. Forse occultato da una nuova tecnologia e laser. Buona come la nostra.»

Benn sollevò la mappa della galassia e la nostra nave lampeggiò, un unico punto in un mare nero. «Ancora niente.»

Seke sospirò. «Bene. Sono contento di sentirlo.»

«Che informazioni avevi?»

«La vostra compagna ha affermato di poterlo sentire.»

«Che cosa?» Sorpreso, aggrottai la fronte e alzai la voce. «Come?»

«È complicato. Farò rapporto al vostro ritorno.»

Mi chinai in avanti per dare un'altra occhiata allo schermo. Vidi qualcosa lì, un lampo spettrale, solo per un secondo. «Benn, che cos'è?» indicai.

Alzò la voce. «Per le stelle, è una navicella. È di Ocrezia. In assetto da attacco.»

«Questo è uno spazio aereo neutrale.»

«E da quando se ne preoccupano i pirati ocreziani?» si fiondò sul ponte di controllo. «Sono pronti a sparare. Impostiamo la velocità Z per evitarli. Tenetevi forte.»

La nostra navicella balzò in avanti e l'AirPulse ci bloccò sul posto mentre l'implacabile forza di gravità trascinava i nostri corpi. Dall'altra parte della navicella, Mikala e i suoi piccoli si svegliarono e gridarono, urla di paura, ma non c'era tempo per consolarli. Dovevamo solo allontanarci da questa navicella nemica: era terribilmente lenta rispetto alla nostra navicella da caccia e, una volta raggiunta una distanza di sicurezza, non c'era più modo di raggiungerci.

«*Kazo!*» Mollai le braccia sulle ginocchia, il cuore mi batteva forte, il sudore mi colava sulla fronte. «C'è mancato poco.»

«Cosa sta succedendo?» gridò Mikala con un piccolo per braccio. «Siamo in pericolo?»

«Lo siamo stati. Ora non lo siamo più.» Benn si avvicinò e si sedette sul bordo della piattaforma del sonno. «I pirati ocreziani hanno cercato di avvicinarci di soppiatto, ma li abbiamo visti e abbiamo fatto uno scatto nello spazio. Non possono raggiungerci o trovare la nostra posizione adesso.»

«Grazie a Madre Terra.» Sbatté gli occhi e si appoggiò allo schienale. «Voglio solo essere al sicuro.»

Le parole di Danica. Per qualche ragione, sentii la sua

presenza così forte che pensai quasi che fosse qui. Chiusi gli occhi per un secondo e vidi il suo viso.

Avevamo perso uno zandiano oggi. Avevamo quasi perso un'umana e due bambini zandiani.

Avevo avuto abbastanza perdite.

Dovevamo riconquistare Danica.

CAPITOLO SEDICI

B *enn*

«Lei dov'è?» Mi avvicinai al maestro Seke, l'uomo che aveva addestrato me e Gorde fin dalla giovane età a diventare guerrieri. Ora che Mikala e i suoi piccoli erano stati portati al supporto medico, dovevo trovare la mia compagna.

«Rallenta.» Alzò la mano e aggrottò la fronte. «Dobbiamo discuterne.»

«Ho bisogno di vederla. Ne abbiamo bisogno entrambi.» Indicai Gorde, che mi stava alle calcagna.

Gorde aggiunse: «Vogliamo essere lì per la nascita del piccolo. Dobbiamo vederla.»

Seke scosse la testa. «Ha partorito la scorsa rotazione del pianeta. Re Zander ha previsto che venga trasportata a Jesel.»

«Che cosa?» urlai, mentre il panico mi travolgeva. Una punta di fredda paura mi trafisse. La nostra vulnerabile compagna, la dolce Danica, era stata bandita? Era tutta colpa nostra. Gorde e io, come suoi sponsor zandiani, l'avevamo abbandonata. Proprio quando aveva più bisogno di noi. Ora aveva partorito da sola e veniva mandata via con un bambino piccolo e nessun essere che la proteggesse?

Gorde, accanto a me, era una nuvola temporalesca. «Perché?» tuonò.

Il maestro Seke alzò un palmo. «Mi risulta che sia stata lei stessa a richiedere l'espulsione.»

Gorde e io continuammo a camminare. Mi travolse un'ondata di gelo.

Oh stella zandiana, come avevamo potuto permettere che ciò accadesse? L'avevamo ferita così gravemente che voleva andarsene. Stava scappando da noi. Ancora.

Mi colpì una sensazione di malessere quando mi resi conto di quanto dovesse essere sola Danica. Che paura. E non c'era da meravigliarsi che volesse andarsene. Aveva appena avuto una figlia akroniana. Avevo detto a Danica che uccidevamo gli intrusi. Probabilmente aveva promesso di andarsene per evitare che il piccolo subisse danni.

«Dov'è?» chiese Gorde mentre io dicevo: «Dobbiamo vedere re Zander. Non può essere mandata via.»

In quel momento, re Zander entrò nel molo. «Benn, Gorde, una parola?» Indicò lo spazio davanti a lui e noi ci precipitammo per metterci sull'attenti davanti al nostro sovrano.

«Avete abbandonato la vostra compagna?»

«No!» gridammo entrambi.

«Perdonaci, mio signore. Sì, l'abbiamo fatto, ma è stato un errore. Desideriamo rimanere accoppiati. Sponsorizzeremo Danica. Per favore, non mandare via né lei né la piccola.»

Re Zander ci studiò. Era difficile da interpretare alcune volte. Questa volta, non avevo idea di cosa stesse pensando. Alla fine, disse: «Permetterò a lei e alla creatura di rimanere su Zandia.» Sospirai. Sapevo che aveva la capacità di fare cose difficili e dure per il bene di Zandia. Sarebbe potuta andare diversamente, se lo avesse ritenuto necessario.

Un'enorme ondata di gratitudine mi travolse. «Grazie, mio signore.» Mi inchinai, il sollievo mi fece tremare la voce.

«La creatura dovrà essere tenuta in osservazione per valutare eventuali segni di violenza. Il suo asilo qui è provvisorio.»

Entrambi ci inchinammo. «Grazie, mio signore.»

«Andate a prendere la vostra compagna. È in infermeria.»

E mentre uscivamo dalla porta, pensai di sentirlo mormorare: «Ogni volta, con le compagne umane. Ogni volta succede qualcosa.»

CAPITOLO DICIASSETTE

D *anica*

MIA FIGLIA ERA IRREQUIETA per via dei suoi padri. Sentivo che stava pensando a loro, perché percepivo piccoli flash che mi mandava con le loro voci. Ogni volta, una fitta acuta mi stringeva il cuore. Come avrei mai potuto dirle che non avrebbe potuto averli, conoscerli... ed era colpa mia?

La calmai allattandola e presto si addormentò, un ricciolino di capelli dorati le cadde sul viso morbido e viola pallido. Le sue lunghe ciglia svolazzavano sulle guance e, con gli artigli ritratti, le piccole dita erano così dolci e perfette, anche se in questo momento le teneva strette vicino alla testa. Aveva l'odore dell'erba fresca. Le baciai la testa. Era mia.

Un fruscio alla porta mi fece alzare lo sguardo dal lettino e sussultai, perché eccoli lì: i miei compagni. Benn. Gorde. Indossavano la loro attrezzatura da missione, puzzavano di sudore e adrenalina, i volti segnati dalla preoccupazione, e non li avevo mai trovati più belli.

Mi alzai lasciando la piccola avvolta in una morbida coperta e feci un passo avanti, con tutto il corpo proteso verso di loro. «Siete salvi!» Mi vennero le lacrime agli occhi, mentre il sollievo e la gioia aumentavano.

«Certo che sì.» Gorde si fece avanti, mi prese le mani tra le sue e mi toccò il viso. «E lo sei anche tu. Grazie alle stelle.» Si mosse per attirarmi a sé, poi esitò. «Sei... per favore, siediti. Devi avere bisogno di riposo.» La mascella si tinse di un viola più intenso e la sua bocca si contorse. «Non eravamo qui per te.» Le sue mani indugiarono su di me, correndo sui miei avambracci, accarezzandomi. Come se non riuscisse a smettere di toccarmi. «Mi dispiace.»

Anche Benn si fece avanti. «Sei stata tu a dire a re Zander di avvertirci.» Mi toccò i capelli, se li avvolse tra le dita. C'era meraviglia nella sua voce. «Hai sentito arrivare la nave pirata.»

Io annuii, guardai la bambina e di nuovo lui. «Sì.» Mi sedetti sul bordo del disco del sonno e le toccai la schiena, dolcemente, mentre dormiva. «Beh, entrambe.» Guardai i suoi morbidi capelli biondi che le coprivano il visino.

«Ci hai salvati da un attacco.» La voce di Gorde era bassa e roca. «La nostra navicella è forte e avremmo potuto combattere e vincere. Ma ci hai impedito di subire danni. Sorprendente.»

«Ero legata a voi.» Offrii un sorriso tremante. Ma mi si rivoltò lo stomaco.

«Sei al sicuro? Stai bene?» Gorde si sedette accanto a me e mi prese la mano. Come sempre, mi meravigliai di quanto fossero forti e grandi le sue dita rispetto alle mie più piccole. Mi ero sempre sentita protetta, avendo lui che mi teneva le mani. Ma ora ero piena di ansia.

Erano qui per dirci addio?

«Sì. Hanno dovuto tirarla fuori.» Alzai la tunica per mostrare il taglio. «Ma come ha detto il dottor Daneth, mi riprenderò.» Mi comportai come se questo non fosse un grosso problema. In realtà non era così: è che erano successe tante cose da allora. Era successo tipo un milione di cicli solari fa.

Il viso di Benn sbiancò e si lasciò cadere sulla sedia accanto al mio disco del sonno. «Ti ha fatto male? Ti senti male?»

«Nessun dolore fisico, non in questo momento.» Scossi la testa.

«E la piccola?» Deglutì. «Anche lei sta bene?»

«Sì. Sta bene. Devo dirvi...»

«Aspetta. Lasciami parlare per primo.» Si rialzò, si avvicinò. Mi mise la mano sulla guancia e mi tenne il viso, delicatamente. «Gorde e io abbiamo parlato. Danica, non puoi andare a Jesel. Non lo permetteremo. Tu appartieni a noi. Ci dispiace di avere avuto la testa infilata nel culo, ma abbiamo bisogno di te. Ti rivogliamo indietro. Anche se la piccola non è nostra.» Deglutì. «Ci sono tutti i tipi di famiglie in questa galassia, tutti i tipi di modi per costruire una casa. Forse non sarà zandiana. Ma lei è parte di te e questo la rende preziosa.»

Gorde mi strinse la mano. «Danica, siamo ancora infelici perché ci hai ingannati. Ma capiamo perché l'hai fatto. Dovevi essere terrorizzata.»

Annuii tra le lacrime, che improvvisamente mi offuscarono la vista.

Continuò Gorde. «Possiamo avere altri piccoli, piccoli zandiani. Questa sarà», fece una pausa e intrecciò le dita nelle mie «la loro sorella. Sarà come te e per questo la terremo come un tesoro. Capisci?»

Feci una mezza risata. «Dici sul serio? Mi rivolete davvero indietro?»

«Tu ci rivuoi?» La voce di Benn era incerta.

«Qualche istante fa pensavo di andare a Jesel.» Mi asciugai gli occhi. «Ma tutto il mio cuore è qui, con voi. Avvicinatevi.» Tirai la mano di Benn e lui si sedette accanto a me, dall'altra parte, così mi ritrovai schiacciata tra i miei due compagni. «Certo che lo faccio. Non ho mai smesso di amarvi.»

«Allora stiamo ancora insieme.» La voce di Gorde risuonò forte e la piccola si agitò. Mi girai indietro e raggiunsi i miei compagni, che si spostarono per permettermi di passare. Le accarezzai la schiena e mormorai, ma lei piagnucolava e si passava i pugni sugli occhi, girandosi.

«Si stava svegliando.» Il cuore mi batteva forte. Non lo sapevano ancora. Cosa avrebbero detto quando lo avessero scoperto? «Volete vederla?» Scostai la copertina e la spostai in modo che Benn e Gorde potessero vederne il viso e gli arti. Anche con la veste intera in morbido panno, la sua pelle viola era chiaramente evidente.

I due si avvicinarono, estasiati.

«Ma non è verde.» Benn si interruppe. «Sembrava verde, nelle immagini della console. Danica?» Si girò verso di me all'improvviso.

«Ha gli occhi viola!» Gridò Gorde, con un sorriso che si allargava sul suo viso. «Si sbagliavano, Benn. Era tutto sbagliato. Lei è zandiana!»

«È complicato.» Gli misi una mano sul braccio per calmarlo. «Ha iniziato con un mix tra DNA akroniano e umano. Ma nel tempo... quando ci siamo accoppiati, ha incorporato anche il vostro. E si è modificata.»

«Ma è impossibile.» Gorde allungò un dito verso le

antenne e si tirò indietro. Lo allungò di nuovo. «Posso toccarla?»

Risi. «Certo che puoi. Sei suo padre.» Arrossii e abbassai la voce, sentendo un'ondata di nuova emozione. «Lo siete entrambi. Adesso è unica nella galassia. Non c'è nessuno come lei, mai e da nessuna parte.»

«Unica come Zandia.» Gorde mise entrambe le mani sotto il corpicino, poi si tirò indietro. «Ah, non so come si fa. Mi fai vedere?» Divenne viola. «È una cosa nuova per me.»

«Anche per me. Per tutti noi.» Sorrisi ai miei due compagni. «Così, vedi? Devi sostenerle la testa con una mano. Tenerla con l'altra. La sollevai e misi la bambina tra le braccia di Gorde.

La vista del mio forte e feroce guerriero che teneva in braccio una bambina mi fece cantare il cuore. «Sei un talento naturale.»

«Voglio provare anch'io.» Benn le passò un dito lungo la guancia. «È di un colore viola così chiaro.»

Al tocco, la bambina aprì gli occhi. Percepii la sua sorpresa e la gioia quando vide Benn e Gorde. *Qui! Miei!*

«Sì, tuoi» concordai, stringendole dolcemente il piedino. «I tuoi padri sono qui adesso.»

«Sta parlando con te?» Gorde alzò le sopracciglia.

Arrossii. «Comunica con me senza parlare. Vi conosce già dalle vostre voci. Le siete mancati.»

Gorde trasferì la bambina tra le braccia di Benn ed entrambi si chinarono, fissandola in faccia. Sorridendole. Parlando con lei, dicendole i loro nomi. Quando ognuno di loro le toccò la piccola guancia, quasi soffocai.

«Quindi dobbiamo parlare di questi, ehm, poteri che sembri avere.» Gorde alzò un sopracciglio, qualche minuto dopo.

«Tutto è iniziato quando sono rimasta incinta.» Le accarezzai i mignoli dei piedi. «Potevo sentire cose, anche molto lontane. E potevo comunicare con lei. A volte riuscivo a far muovere le cose. Ripensai alle manette. «Oppure a tenerle in posizione.» Taxx. «Non sempre e non posso controllarlo. Non lo so; se mi allenassi, forse potrei migliorare. Ma stavo cercando di far finta che non esistessero.»

«Sapevo che stava succedendo qualcosa.» La voce di Gorde era trionfante. «Qualcosa che non ci stavi dicendo.»

«Mi dispiace.» Lo guardai. «Era troppo strano. Non c'era modo di spiegarlo, e mi confondeva.»

«È passato.» Abbassò lo sguardo verso la bambina, poi verso me.

«Beh, non proprio. È ancora qui, adesso.» Sorrisi e le toccai il viso.

«Lo so.» Rise. «Quello che intendo dire è che i segreti appartengono al passato. Ok?» Mi guardò.

«Sì.» Sorrisi, sollevata. «Decisamente.»

Benn mi accarezzò la coscia, tenendo la bambina con una mano. Già a suo agio con lei. «Come si chiama?»

Feci una pausa. «Non ho ancora deciso. Stavo aspettando, nel caso in cui voi due...» mi interruppi.

Gorde si schiarì la gola. «C'è un'antica parola zandiana, *marea*. Significa *futuro.*»

Lo provai. «*Marea.* È adorabile.»

Benn mi strinse la gamba. «Piace anche a me. Marea.»

La bambina agitò i pugnetti. Poi scoppiò in una piccola risata.

«Penso che sia d'accordo.» Le toccai il mento. «Ti piace il tuo nuovo nome, Marea?»

Contenta. Sonno. Marea chiuse gli occhi tra le braccia di Benn.

«Bene, immagino che sia deciso.» Risi.

Gorde mi prese la mano. «Bene.» Poi si avvicinò e mi

sussurrò all'orecchio. «E una volta che sarai adeguatamente guarita, piccola umana, Benn e io dovremo punirti per tutti questi segreti, amore mio.» Lo sguardo sul suo viso rese chiaro che la punizione sarebbe stata piacevole.

«Oh, lo farete?» Mi avvicinai e appoggiai la testa sul suo petto forte.

«Re Zander in genere rimanda le umane disobbedienti ai loro compagni perché vengano raddrizzate» concordò Benn. «E penso che potremmo avere bisogno di diverse sessioni approfondite per assicurarci che tu sia adeguatamente disciplinata.» Mi fece scorrere una mano sulla coscia con delicatezza, il tocco fu allo stesso tempo una carezza e una presa in giro.

«Forse ogni notte?» suggerii speranzosa, guardando da uno zandiano all'altro. «E anche la mattina, giusto per essere sicura di ricordarmelo?»

«Decisamente.» Gorde ringhiò e mi morse il collo. «Tutte le volte che possiamo.»

CAPITOLO DICIOTTO

G *orde*

NOSTRA FIGLIA STAVA DORMENDO. Controllai che gli occhi fossero chiusi, e lo erano, con le ciglia viola che le sfioravano le guance color lavanda pallido. Emise uno sbuffetto mentre dormiva e io sorrisi, tirandole le coperte sulle spalle.

Presi il monitor olografico YoungWatch, attivai l'insonorizzazione e chiusi la porta. Poi tornai nell'area comune, concentrato su Danica.

«Penso che sia giunto il momento di fare i conti.» Alzai le sopracciglia e incrociai le braccia. «Il dottor Daneth ci ha dato il via libera, amore mio.»

«Eh già.» Danica uscì dall'alcova.

Ripresi fiato. «*Kazo,* bellezza, cosa indossi?» Attraversai la stanza. «Posso vedere la tua figa in trasparenza.» Il cazzo mi si indurì all'istante alla vista di lei con quelle minuscole mutandine.

«Ti piacciono?» Si pavoneggiò e sporse il fianco, mettendo lì la mano. «Pizzo sottilissimo. È nuovo. Benn, anche tu pensi che siano carine?» Si passò le mani sul seno. I suoi capezzoli erano già tesi.

Benn gemette. «Danica, lo sai.»

«Perché non vieni a mostrarmi quanto» scherzò, pizzicandosi i capezzoli. «Preferirei avere le tue di mani su di me piuttosto che le mie.»

«Con piacere» ringhiai, prendendola tra le braccia e infilandole la lingua in bocca. Lei ricambiò il bacio, impaziente, mi esplorò il petto con le mani, poi gli addominali, e avvolse una lunga gamba attorno alla mia, avvicinando i miei fianchi ai suoi. Il bacio continuò mentre Benn arrivava dietro di lei e si metteva in ginocchio.

«Apri le gambe» la esortò. «Non interrompere quello che stai facendo. Ti leccherò mentre tu lo baci.»

«Mmmm.» Emise un versetto nella mia bocca e abbassò la gamba, allargando la posizione, continuando a baciarmi. Sentii il suo corpo tremare mentre lui le faceva scivolare le mutandine lungo le cosce. Riconobbi l'istante in cui la sua lingua la toccò perché lei gemette di nuovo e si contrasse prima di rilassarsi.

«Shhh, divertiti» mormorai, mettendomi in mezzo per toccarle il capezzolo. «Lascia che entrambi ti diamo piacere.»

«Mmmh.» annuì, poi si arrese alla mia bocca.

La stuzzicai con la lingua e giocherellai con entrambi i capezzoli con le dita, pizzicandoli, arrotolandoli, pizzicandoli ancora. Ben presto, mentre entrambi ci occupavamo del suo corpo, iniziò a emettere piccoli gemiti di eccitazione e i suoi baci divennero più urgenti. Quando feci per morderle il collo, lei gridò e lasciò ricadere la testa all'indietro, ansimando un po'.

«Ci sei vicina?» Le infilai entrambe le mani tra i capelli e le presi la testa. «Vuoi venire?»

«Sì» sussurrò, con gli occhi chiusi.

«Allora probabilmente è il momento di punirti» suggerì Benn, lasciandole andare le cosce e appoggiandosi sui talloni. Si pulì la bocca con una mano. «Sei deliziosa, tesoro, ma dobbiamo comunque rimproverarti per averci mentito, lo sai.»

«Giusto.» Mi allungai indietro e le diedi una leggera pacca sul sedere. «Re Zander ha detto di farlo per bene. Ti darò davvero una lezione.»

«Mmm. E obbediamo sempre agli ordini del nostro sovrano» concordò Benn, alzandosi. «In effetti, abbiamo anche acquistato un nuovo attrezzo appositamente per te.»

«Che cos'è?» Gli occhi di Danica si spalancarono, per metà allarmati e per metà eccitati.

«Oh, lo scoprirai presto.» La tirai indietro per un bacio. «Non credo che sarà il tuo preferito, però.»

«Sei cattivissimo» si lamentò, ma quando mi chinai per palpeggiarle la figa, sospirò di piacere. «Sì, così» sussurrò.

«Non ancora.» La presi tra le mie braccia. «Benn, dove vogliamo farlo?»

«Pieghiamola sul pouf.» Lo indicò. «Con il delizioso culo nudo rivolto verso l'alto per la cinghia in pelle.»

Danica strillò. «Cinghia in pelle?»

«Probabilmente farà molto male» le promise Benn. «Ti ricorderà sicuramente di non mentirci mai più,» disse con tono serio.

Fece un respiro profondo. «Benn?» Lo sguardo passò da lui a me. «Gorde?»

La misi giù. «Non sei d'accordo che devi lasciarti tutto alle spalle?» Alzai un sopracciglio.

Si morse il labbro. «Sì, ma...»

«Allora fai quello che ti chiediamo, amore.» Le colpii un capezzolo.

Emise un lamento. «Devo avere paura?» la sua espressione era un po' diffidente, ma anche eccitata.

«Probabilmente.» Sorrisi. «Sdraiati a pancia in giù, con le gambe più larghe che puoi.» Indicai il pouf. «Non pensare di toccarti; ti legheremo le mani.»

Si abbassò timidamente per toccare il pouf, ci guardò di nuovo, poi si sdraiò. Allargò quelle cosce burrose e perfette, *kazo*. Era così bagnata che la sua figa luccicò alla luce e spinse i fianchi sulla superficie del pouf, in cerca di sollievo.

«No» la avvertì Benn, avvicinandosi con un panno di seta. «Non per il momento, amore. Unisci i polsi.»

Quando fu legata, il rosso del tessuto contrastava splendidamente con la sua pelle pallida, noi ce ne stavamo entrambi in piedi davanti a lei, ammirando la sua figura rigogliosa. Disposta per noi come un banchetto lussuoso.

Lei si spostò e gemette. «Che cosa avete intenzione di fare?»

Presi la nuova cinghia da un contenitore.

«Hmm» dissi, facendo scorrere un dito sulla superficie spessa e lucida. «È un po' rigida, essendo così nuova. Ma il tuo culo la aiuterà ad ammorbidirsi, ne sono sicuro.»

Strinse le natiche e nuova umidità apparve nella giuntura delle cosce.

«Oh, pensi che ti piacerà.» Benn le passò le mani sul corpo. «Ma ti prometto che farà un male infernale, Danica. E non ci fermeremo finché non penseremo che tu sia davvero dispiaciuta.»

«Già sono dispiaciuta» sussurrò, spostando le cosce.

«Non quanto lo sarai dopo.» Lui le diede uno schiaffo sul culo una volta, e il mio cazzo si contrasse mentre un segno rosso sbocciava sulla pelle morbida.

«Ahia.» Mosse i fianchi.

Benn la schiaffeggiò ancora, e ancora. «Questo è ciò che accade alle umane cattive che mentono ai loro padroni. Ricevono una dura sessione di sculacciate che fa diventare il loro culo rosso ciliegia.»

«Mmmmph!» mormorò, torcendo le mani nel tessuto. «Ahi.»

«È il mio turno.» Sarei morto se non avessi avuto la possibilità di toccare e sculacciare la mia compagna.

Benn si fece da parte e io mi inginocchiai accanto a lei. «Sei pronta per un altro round?»

La sculacciai forte, senza aspettare una risposta, ancora e ancora, proprio nel punto in cui sedeva. «Adesso colpirò più forte, tesoro, per scaldarti davvero per quella cinghia.» Alzai la mano e la colpii su entrambe le natiche, gratificato di sentirla gridare. Adoravo il modo in cui si girava per sfuggire ai colpi punitivi. Il modo in cui diventava ancora più bagnata quando non poteva scappare.

«Sei pronta a scusarti?» le piazzai una raffica di sculacciate proprio alla base delle cosce, e lei alzò i fianchi verso di me.

«Mi dispiace tanto.» Singhiozzò leggermente e guardai il suo viso: si stava ancora divertendo, per quanto fosse dura. Ma stava piangendo.

Le asciugai una lacrima. «Di cosa ti dispiace?»

«Di avere mentito. Che ho dovuto mentire. Che l'universo può darci scelte impossibili, a volte.»

«Ah, tesoro, questo è un imbroglio.» Benn ridacchiò mentre le si metteva di fronte, le prendeva il mento tra le mani. «Riguarda te, non il modo in cui la galassia lancia i dadi.»

Le accarezzai il sedere, calmando il bruciore che avevamo

sicuramente acceso. «Vogliamo solo delle scuse da parte tua, Danica.»

«Mi dispiace davvero.» Girò la testa, mi guardò con quegli splendidi occhi azzurri. «Sapete che è vero.»

Asciugai un'altra lacrima. «Per essere sicuri, però, che ne dici di una dose di cinghia? Benn?» Mi colpii una coscia, godendomi il modo in cui il suo corpo sussultava al rumore, e alzai la mano. «Quante dovremmo dargliene?»

«Inizia con dieci e vediamo» suggerì. «Dovrebbero bastare a renderla dolorante domani, ma non così tanto da non potersi godere la sua normale routine.»

«Riserveremo la cinghia per punizioni gravi.» Gliela passai sul culo e lei tremò al tocco. «Quando ha davvero bisogno di essere castigata. Quando tireremo fuori la cinghia, saprà di essere davvero nei guai.»

«Esatto, Danica.» Benn le accarezzò i capelli. «Se torni a casa e vedi la cinghia sulla piattaforma del sonno, saprai che ti aspetta una punizione seria.»

«Forse ti invieremo anche una foto, un primo piano.» Girai la cinghia di lato e gliela feci scorrere lentamente tra le gambe, assicurandomi che premesse nella fessura del suo sedere. Spinsi e lei trattenne il respiro. «Così potrai pensarci tutto il giorno e sapere cosa ti succederà più tardi.»

«No» mormorò, ma quando spostai la cinghia, vidi subito quanto si era bagnata. Stava praticamente gocciolando.

«Non puoi dirci di *no*.» Le infilai due dita dentro, incapace di resistere. Emise un verso di soddisfazione e io gemetti, il suo corpo caldo e umido mi chiamava.

«Assaggia questo, tesoro.» Le misi le dita in bocca. «Succhia i tuoi succhi dalla mia mano. Ecco quanto ti ecciti quando parliamo di punirti. Ti piace essere dominata da noi. Ti piace tutto questo.»

«Entrambi, il dolore e il piacere.» Ben sorrise. «Lei li adora, *kazo*.»

«E sa di averne bisogno.»

Lei si spostò e piagnucolò e non riuscii ad aspettare un secondo di più.

«Farò io i primi cinque» decisi. «E tu proseguirai.»

Mi alzai e regolai il pouf in modo che stesse sospesa più in alto, ottenendo la distanza perfetta per far oscillare la cinghia sul suo sedere. «Penso che sia pronta. Alza il culo, tesoro. Spingilo più in alto. Voglio davvero vederti prendere questa punizione.»

Aspettai finché non alzò i fianchi, sollevando il culo verso di me. Poi alzai la cinghia e la abbassai, con forza, su entrambe le natiche.

Si sentì un forte schiocco, un secondo di silenzio e poi lei ululò.

«Ahia!» Si contorse furiosamente, ma Benn le afferrò le mani legate e le sussurrò all'orecchio. «Quello era solo il primo colpo, Danica. Ne mancano ancora nove. Te le sei guadagnate, quindi adesso devi sforzarti di prenderle.

Lei singhiozzò e annuì, immobilizzandosi.

«Chiedimi di continuare.» Mi prudeva la mano. Non sapevo se fosse giusto o sbagliato, ma cavolo, adoravo averla legata alla mia mercé, mentre si prendeva i miei colpi. Volevo che facesse male. Poi l'avrei fatta stare meglio.

«Per favore... per favore, padron Gorde, continua a frustarmi.»

Il suono della sua voce che diceva la parola *frustare* mi infiammò. Alzai la cinghia e la abbassai di nuovo, questa volta alla base delle natiche, e lei strillò quando apparve la striscia rossa. «Ahi» sussurrò, chiudendo le cosce e premendo un piede contro l'altro.

«Gambe aperte.» Le toccai la coscia. «E devi lasciarle

aperte, a meno che tu non voglia ricevere qualche colpo di cinghia qui?» Le accarezzai la figa.

Lei strillò allarmata. «No, padron Gorde, non lì.»

«Non sarebbe certamente una bella sensazione più tardi, quando la *scoperemo*» osservò Benn. «Farebbe bene a tenere le gambe aperte.»

Le piaceva quando parlavamo di lei: avevamo scoperto che la eccitava. Le piacerà ancora di più l'elemento pericolo.

«Le terrò aperte» promise, allargando di nuovo le gambe, mostrandoci quella fica deliziosa.

«Fai in modo di farlo.» La sorpresi con un colpo di cinghia, poi con un altro, così veloce che nel frattempo non riuscì a gridare. Le diedi l'ultimo dei miei cinque, uno bello duro, mentre lei stava ancora elaborando i precedenti due, poi lanciai la cinghia a Benn. Avvicinandomi davanti al pouf, le presi il viso con entrambe le mani e la baciai, appassionatamente, e lei rispose immediatamente, con la bocca che si apriva sulla mia, la lingua avida.

«Solo un assaggio» sussurrai, «di quello che otterrai se prenderai gli ultimi cinque colpi senza lamentarti.»

«Ma se ci chiedi di fermarci, o dici anche solo una parola» - Benn si piazzò accanto a lei e le mise la cinghia sulle natiche - «ti leccheremo il culo e la figa ma non ti lasceremo venire fino a molto più tardi stasera.»

«Oh, per favore» piagnucolò, spostandosi sulla superficie.

«Nessun *per favore*. Obbedisci e basta.» Benn la stuzzicò con il manico della cinghia. «Lo senti questo? Ti piacerebbe averlo nella figa? Prendi le tue cinghiate e invece otterrai un bel cazzo zandiano duro.»

«Sarò buona» sussurrò, con voce appena udibile.

～

DANICA

ERO LEGATA e avevo il culo in fiamme. Faceva male quasi quanto il bastone, e ne avevo ancora cinque in arrivo, ma ero eccitata oltre ogni immaginazione. Pensavo di non essere mai stata così bagnata in vita mia!

«Gorde ti terrà compagnia lassù mentre finisco la conversazione con il tuo culo. Ma prima...» Benn ridacchiò, poi spinse il manico della cinghia in profondità nella mia figa una seconda volta. Con le gambe così divaricate, non riuscivo a contrarmi come il mio corpo moriva dalla voglia di fare, ma strinsi i muscoli, incapace di resistere.

«Oh!» Mi fece sentire benissimo, e ne desiderai di più.

«Oh, certo.» Lo tirò fuori e dentro, fuori e dentro. Fottendomi. «Cavalca, Danica. Mostraci quanto vuoi i nostri cazzi.» Lo infilò più forte.

Fui spudorata e feci come mi aveva ordinato, spingendo i fianchi più forte che potevo per raggiungere il manico, che lui spostava, in modo allettante, fuori portata, facendomi sforzare per ottenere un qualsiasi contatto. «Ti prego.»

«Sicuramente puoi fare di meglio.» Mi prese in giro. «Devo darti un extra con la cinghia come motivazione?» Sentii il sibilo del cuoio che sfrecciava in aria, e poi il dolore mi esplose sul sedere, mescolandosi al piacere in un modo indescrivibile.

«Fottimi» urlai, sollevando i fianchi, e lui mi fece scivolare di nuovo dentro il manico per un secondo.

«Questo? Questo è quello che vuoi?» Me lo passò sul clitoride, ed era ormai così bagnato dai miei succhi che scivolò facilmente sulla mia pelle.

«Madre Terra» sussultai.

«Oppure volevi questo?»

Estrasse la cinghia e mi colpì di nuovo, ancora più forte di prima, su entrambe le natiche, e io gridai. *Era* quello che volevo. Lo volevo ancora, più forte, di più. Gridai il mio bisogno: versi, nessuna parola, singhiozzi di desiderio.

«Annusa l'odore del tuo sesso nell'aria. La stanza è piena del tuo odore. Il tuo desiderio.» Mi colpì di nuovo. Ancora. Ancora.

Il dolore e il piacere si mescolarono inestricabilmente e ora stavo volando, persa in un mare di sensazioni. Ero così bagnata e bisognosa che non riuscivo a pensare lucidamente.

Sentii la cinghia cadere a terra e mi ci volle un secondo per capire che avevano finito di punirmi. Benn mi prese in braccio e mi lanciò sulla piattaforma. «Su mani e ginocchia» ordinò, con voce tesa. «Ti scoperò per bene e forte, Danica, e verrò nella tua figa stretta.»

Mi ero appena messa in posizione quando il suo enorme cazzo premette contro la mia entrata. Ero così bagnata che lui scivolò dentro senza alcun problema, e quando iniziò a pomparmi, singhiozzai di piacere. Questo. Questo era ciò di cui avevo bisogno. Quello che volevo.

«Mi è mancato così tanto» mormorò, pompandomi. Dentro. Fuori. Con le palle fino in fondo. «Ti lascerò venire, tesoro, anche se non te lo meriti» sussurrò, e questo mi infiammò così tanto che non riuscii a trattenermi.

L'orgasmo esplose, spingendomi verso una felicità che non avevo mai conosciuto, impulsi di fulmini incandescenti, ancora e ancora. «Benn» gridai, mentre la sensazione continuava ad arrivare.

«Danica» ruggì, e mi morse forte la spalla. Il suo cazzo si strinse e sentii la sua essenza fluire dentro di me, calda.

∽

«Penso che sia il mio turno.» Gorde mi afferrò mentre uscivo dalla doccia. «Ho aspettato abbastanza.»

Ridacchiai e strillai mentre mi lanciava sulla piattaforma. Dall'altra parte della stanza, Benn era sdraiato, nudo, su una seduta. Sorridente.

«Il tuo turno per cosa?» scherzai. «Prepararmi la cena? Pulire il...»

Le mie parole si trasformarono in un sospiro mentre lui affondava la testa tra le mie cosce e trovava il mio clitoride con la lingua. «Ahhhh.»

Mi guardò per un secondo, gli occhi gli brillavano di passione. «È il mio turno di darti piacere» disse semplicemente, poi rimise la testa giù e mi mandò nella stratosfera.

Mi chinai e gli afferrai le antenne, accarezzandole, sentendole indurire sotto il mio tocco. Allo stesso tempo, il clitoride mi pulsava di desiderio mentre lui mi leccava, muovendo la lingua in un modo che mi faceva impazzire. Quando risucchiò il clitoride in bocca, quasi levitai.

«Gorde!» gridai.

Mi sorrise. «Ti amo.»

«Anche io.» Mi sciolsi alla vista della sua mascella forte e feroce, dei suoi occhi scintillanti. Pieno di passione, per me. «Anch'io ti amo.»

Continuando a guardarmi, mi allargò ancora un po' le cosce. «Aprile, tesoro. Fammi entrare.»

«Sempre.» Mi mossi e inclinai i fianchi, e lui premette verso il basso, e i nostri corpi trovarono l'angolazione perfetta in modo che potesse scivolare dentro. «Oh, Madre Terra. È così bello.»

Chiusi gli occhi e gemetti mentre lui si spingeva in profondità. Aveva un modo tutto suo di torcersi quando usciva e di colpire tutte le mie terminazioni. Di solito riusciva a farmi venire in frettissima.

«Aspetta, tesoro» mi esortò, e io aprii gli occhi per vedere la sua espressione. Quel piccolo sorriso sulle sue labbra sexy. Quella mascella zandiana cesellata.

Smise di muoversi e aspettò dentro di me, ed ero sicura di poter sentire il suo battito nel cazzo, e il mio cuore che prendeva il ritmo. Mi allungai per toccargli il viso, stupita di quanto fossimo vicini. Di quanto tenessi a lui, a Benn. A tutti noi.

Il culo mi pizzicava in modo delizioso e tutto il mio corpo era in sintonia con il suo. Mentre si muoveva di nuovo, afferrai le sue braccia, le sue spalle, attirai il suo corpo a me mentre mi scopava. E quando venimmo nello stesso momento, gridai il suo nome, con un impeto di piacere e di gioia così immenso che capii che la vita non avrebbe mai potuto essere migliore, su nessun altro pianeta, o con nessun altro essere.

La mia storia era strana, il mio percorso insolito. Ma mi avevano portato qui, a Zandia. Ad un amore più grande di tutti quelli che avevo conosciuto. E sapevo, senza dubbio, che il futuro sarebbe stato sorprendente e luminoso.

IL PROSSIMO NELLA SERIE LE SPOSE ZANDIANE

Dominata dagli zandiani
  Spose zandiane, libro 3
  di Renee Rose e Rebel West

Due guerrieri zandiani. Una ribelle schiava umana.

So pilotare un velivolo da caccia mentre dormo e uccidere con le dita di una mano. Lavoro da sola.

Nessun essere nella galassia può sfidarmi, finché... non mi scontro con due forti guerrieri zandiani viola. E fanno schiantare la mia navicella.

Dicono che ho rubato il loro carico e vogliono portarmi sul loro pianeta. Farmi loro.

Nessuno mi può possedere. Non lascerò che questi zandiani si impossessino di me, non importa quanto siano sexy e attraenti.

Perché ho una missione segreta. E se lo scoprissero, tutta la mia vita potrebbe finire.

Mi chiamo Mirelle e questa è la mia storia.

Dominata dagli zandiani- Prossimamente!

OTTIENI IL TUO LIBRO GRATIS!

Iscrivetevi alla newsletter di Renee per ricevere Indomita, scene bonus gratuite e notifiche riguardo a nuove pubblicazioni!

https://subscribepage.com/reneeroseit

ALTRI LIBRI DI RENEE ROSE

https://reneeroseromance.com/italiano/

I peccati di Chicago

La tana dei peccati

Radicato nel peccato

Uomo d'onore

Non provocarmi

Non tentarmi

Non costringermi

Dominami - la serie

Padrone reale

Sì, dottore

Padrone russo

Padrone marine

Chicago Bratva

Preludio

Il direttore

Il risolutore

Posseduta

Il sicario

Il soldato

L'Hacker

L'allibratore

Il pulitore

Il playboy

Il guardiano

Vegas Underground

King of Diamonds

Mafia Daddy

Jack of Spades

Ace of Hearts

Joker's Wild

His Queen of Clubs

Dead Man's Hand

Wild Card

Gli alfa di montagna

Eroe

Ribelle

Guerriero

Wolf Ridge High

Alfa Bullo

Alfa Cavaliere

Fratellastro Alfa

Alfa ribelli

Tentazione Alfa

Pericolo Alfa

Un premio per l'Alfa

Una Sfida per l'alfa

Obsession Alfa

Desiderio Alfa

Guerra Alfa

Missione Alfa

Tormento Alfa

Segreto Alfa

La Preda dell'Alfa

Il sole dell'Alfa

Sangue Alfa

La luna dell'Alfa

Giuramento Alfa

La vendetta dell'Alfa

Fuoco Alfa

Salvataggio Alfa

Ordine Alfa

Wolf Ranch

Brutale

Selvaggio

Animalesco

Disumano

Feroce

Spietato

Due Segni

Indomita (gratuito)

Tentazione

L'AUTORE RENEE ROSE

L'autrice oggi bestseller negli Stati Uniti Renee Rose ama gli eroi alfa dominanti dal linguaggio sboccato! Ha venduto oltre un milione di copie dei suoi romanzi bollenti, con variabili livelli di erotismo. I suoi libri sono comparsi su *USA Today's Happily Ever After* e *Popsugar*. Nominata *Migliore autrice erotica da Eroticon USA* nel 2013, ha vinto come autrice antologica e di fantascienza preferita dello S*punky and Sassy*, come miglior romanzo storico sul *The Romance Reviews* e migliore coppia e autrice di fantascienza, paranormale, storica, erotica ed ageplay dello *Spanking Romance Reviews*. È entrata dieci volte nella lista di *USA Today* con varie antologie.

Iscrivetevi alla newsletter di Renee per ricevere scene bonus gratuite e notifiche riguardo a nuove pubblicazioni!
https://www.subscribepage.com/reneeroseit

facebook.com/Autrice-Renee-Rose-101548325414563

instagram.com/reneeroseromance

tiktok.com/@reneeroseromance